アルス・
フォルレーゼ
付与魔法使いの
中でも規格外の
存在
シルフィ
精霊。アルスのことをパパと呼び、
セリアとユキナのことを
ママと呼ぶ。

ユキナ・
リブレント
人が亡くなることを
恐れる優しい
少女
セリア・
ランジュエット
天然の一面もあり、
将来の夢はアルスの
お嫁さん

CONTENTS

TSUIHOU SARETA
FUYOMAHOU
TSUKAI NO NARIAGARI

追放された付与魔法使いの成り上がり1

～勇者パーティを陰から支えていたと知らなかったので戻って来い？【剣聖】と【賢者】の美少女たちに囲まれて幸せなので戻りません～

蒼月浩二

BRAVENOVEL
ブレイブ文庫

プロローグ

「アルス・フォルレーゼ……お前はクビだ！」

な、なんだって……？

俺は、耳を疑った。

俺──アルス・フォルレーゼは『付与魔術師』として勇者パーティで活動している。

勇者パーティとは、世界を脅《おびや》かす魔王・魔族に対抗するために各国が協同で組織した選《え》りすぐりのパーティ。歴史的にはかなり古くからあるらしい。

俺は主に味方に強化魔法を付与し、味方を強化する役割を担っている。誰よりも付与魔術に関しては実力がある自負がある。

俺がパーティに入ってから、勇者パーティは苦戦していた魔物も余裕をもって倒せるようになったし、移動速度を向上させることで余計な時間を削減できるようにもなった。

パーティの効率は飛躍的に上がった──はずだったのだが、朝の定例会議で俺はなぜかクビを宣告されてしまった。

決して何かとんでもない失態をやらかしたわけではない。

いつも通り朝を迎え、今日も一日頑張ろうと気合いを入れていたところだった。

俺は動揺を押し殺しながら勇者パーティのリーダー、ナルドに聞き返す。

「な、なんだよ急に……。何かの冗談か？」

「冗談なわけねーだろ！　さっき決めた、お前はクビだ。何度でも言うぞ！　お前はクビだ！

クビ！　クビ！　クビ！」

どうやら、聞き間違いではなかったらしい。

それにしても、さっき決めたってそりゃあないだろ……。

普段から気分屋だとは思っていたが、まさかパーティメンバーの進退まで安易に決めてしまおうとは……。

「アルス、確かにこれまでお前の強化魔法は重宝してきた。だがな、強化魔法はポーションで代用できるんだよ！」

「で、でもポーションより俺のほうが効果は——」

「ああそうだ！　ポーションよりお前の強化魔法の方が強い。だがな……その差はお荷物を抱えるほどじゃねえんだ！　経験値泥棒が！」

「……っ！」

この世界では、魔物を倒すことで経験値を獲得できる。

そして、獲得した経験値量に応じて人はより強く成長することができる。

魔物を倒して得られる総経験値は一定であり、パーティメンバーが増えれば増えるほど一人当たりに分配される量は減ってしまう。

要するに、より多くの経験値を得るために俺をパーティから追い出したいというわけだ。

しかし、俺だって立派に勇者パーティに貢献《こうけん》しているつもりだ。

俺に分配される経験値以上の仕事は間違いなくこなしてきた。

急にクビだと言われても到底納得できない。

改めてきちんと俺がパーティの役に立っていることを説明して考え直してもらおう。

あえて秘密にしていたわけではないが、説明するまでもないことだと思って言ってなかったこともある。

「ナルド、実は――」

「ああうるせえ！　お前のクビはもう決定事項なんだよ！　何を言おうが覆らねえ！　出ていけ！」

「……っ！」

ナルドは、俺の言葉など聞きたくもないとでも言いたげに言葉を被せてきた。

長年――とまでは言えないかもしれないが、三年も一緒に冒険をしてきたパーティメンバーの言い訳など聞く価値もない、か。

クビを宣告されたことよりも、こちらの方がショックだった。

「そうだ！　てめえは邪魔なんだよ！」

「お前のせいで俺まで割《わり》食ってんだからな！　そこんとこわかってんのか？」

「空気読んでよね～」

ナルド以外の三人――今まで仲間だと思っていたパーティメンバーたちからも次々と心ない

言葉を投げられた。

そうか、そうかよ。

そっちがその気なら、もういい。

俺は、固く拳を握りしめた。

「わかったよ……。後悔しても知らないからな？　こんな形で追い出されて、俺が戻ってくると思うなよ？」

俺がそう宣言すると、パーティメンバーたちは顔を見合わせて俺を嗤《わら》った。

「どの口が言ってんだテメー。お前なんか呼び戻すわけねーだろが！」

「そうだ！　勘違いも大概にしろ！」

「これで効率が上がるな！」

…………。

やれやれ、何か勘違いしているようだな。

このパーティは、俺が――付与魔術があったから成り立っていたと言っても過言ではない。

そのことを理解せず……いや、理解しようともせずに追い出そうとするとは。哀《あわ》れでしかない。

俺は、勇者パーティ自体には大した思い入れはなかった。俺の家族を奪った魔王・魔族に仇《あだ》討《う》ちをするのと同時に、これ以上の災厄を未然に防ぐため勇者パーティを利用していた。

既存《きそん》の組織を使った方が簡単だと思っていたが……そうではなかったようだ。

この辺りが限界らしい。

十中八九《じっちゅうはっく》、勇者パーティは俺がいなくなったことで困り、俺を呼び戻そうとするだろう。

しかし、宣言したように俺はもう戻るつもりはない。

俺は、完全にこのパーティを見限ったのだ。

「じゃあな」

元パーティメンバーたちに一言声をかけるが、ジロジロと見るだけで返事をする者は誰一人としていなかった。

第一章　冒険者試験

朝の定例会議をしていた宿を出て、俺は最寄りの冒険者ギルドに向かった。

この世界には、冒険者と呼ばれる魔物の討伐や薬草採集、護衛など多様な依頼を請け負う職業が存在する。冒険者ギルドは、国が運営する冒険者に依頼を斡旋《あっせん》する組織である。

……さて。

勇者の肩書きがなくなったとはいえ、俺がするべきことは変わらない。魔王、魔族を倒すため、地道に情報を集めつつ、俺自身が魔物を倒して強くなる。これしかない。

とはいえ、時間がかかる。

最低限の資金もない。

ひとまず冒険者になり収入を獲得し、生活を安定させることが優先だろう。

「まずは……ライセンスを取らないとな」

勇者パーティは、対魔王・対魔族のための組織だが、普段の活動は冒険者とさほど変わらない。しかし俺は冒険者になることなく勇者パーティに所属していたため、冒険者の資格がなかった。

冒険者として依頼を受け、収入を得るには試験を受けて合格しなければならない。

現在俺がいるのはメイル王国領ベルガルム村。

冒険者ギルドの支店はほとんどの地域に存在しているが、試験が受けられる村は限られている。

幸いにも、ここベルガルム村はある程度規模が大きいため、このギルドで試験に合格すればライセンスを取得できるはずだ。

ガラッ。

木製の扉を開け、中に入る。

冒険者ギルドの建物内は広く、十数人の冒険者と数人の職員が中にいても圧迫感はなかった。向かって右手には大量の依頼書が貼られた掲示板が並び、左手には冒険者用の酒場、奥には受付という配置になっている。

勇者パーティもギルド経由で依頼を受けたり、指令を受け取ったりをするが、基本的にリーダーが手続きをするので、あまり建物に入ったことがなかった。もちろん、ベルガルム村の冒険者ギルドを訪れるのは初めてだ。

なるほど、こんな感じなのか。

新鮮さを感じつつ、受付へ向かう。

「いらっしゃいませ。ご用件はなんでしょうか？」

なんとなく気持ちを落ち着かせてくれる雰囲気の受付嬢が笑顔で迎えてくれた。

「冒険者ライセンスを取りたいんだ」

「冒険者志望の方ですね。最短で今日試験を受けられますが、いつにされますか？」

冒険者ギルドでは、毎日昼頃から試験が行われている。

時間的に今日の試験に間に合うとのことらしい。

一日でも早く冒険者にならないと食うに困ってしまうので、これはラッキーだ。

「今日で頼む」

「かしこまりました。では、こちらの用紙にお名前とジョブをご記入ください」

「ああ」

俺は、受付嬢から用紙を受け取り、名前とジョブを書き込んでいく。

ジョブというのは、生まれながらにして神から与えられた職業のことを指す。

剣士や魔法師など多種多様だが、俺の職業は付与魔術師。強化魔法でパーティメンバーをアシストするのが主な役割だ。

似た職業として『付与魔法師』があるが、これとは別物だ。

しかし……付与魔術師と書くと面倒なことになるかもしれないな。

ここは適当に誤魔化しておこう。

「アルス・フォルレーゼ……付与魔法師……ですか。あ、あの……もしかして、勇者パーティの方でしょうか？」

名前で勘付かれたか。

隠す必要もないが、変に目立っても仕事がやりにくそうだ。

「いや、勇者パーティとは何も関係ないぞ。っていうか、わりとよくある名前だろ？」

「た、確かにそうですね……それに勇者アルスさんは付与魔術師ですもんね」

どうにか上手くいったようだ。

「それでは、試験の説明をしますね。冒険者ギルドの試験は、全部で四つあります。魔力試験、的当て試験、実技試験、最終試験です。順番に試験の全てを合格する必要がありますが、決して困難なものではありません。不合格となっても、何度でも再受験が可能です。頑張ってくださいね」

「ああ、わかった」

俺のようなサポート職であっても、最低限の戦闘力はないと一人前の冒険者としては認めてもらえない。

一見して試験の回数が多いようにも思ってしまうが、命の危険が伴《ともな》う冒険者になるのならこのくらいの壁は乗り越えられないと話にならない。

冒険者の死亡率というのは、初心者のうちが最も高く、ベテラン冒険者ほど低くなる。

初心者冒険者を死なせないよう、ギルドも色々と考えた結果なのだろう。

早く冒険者になりたい俺としてはやや面倒だが、スムーズに終われば一日で全て終えられる。

気合いを入れて頑張るとしよう。

「それでは、魔力試験を行いますので、別室にどうぞ」

「わかった」

俺は受付嬢の後をついていく。

魔力試験というのは、体が持つ魔力の総量を計測する試験のことである。

剣を使うにせよ、魔法を使うにせよ、冒険者である限り魔力はどうしても必要になる。

正確な魔力量は勇者パーティに入るときにしか計測したことがないが、おそらく大丈夫だろう。

あれだけ毎日頑張ってきたのだ。増えることはあっても減ることはないはずだ。

「この部屋です。どうぞお入りください」

「ああ」

連れてこられた部屋には、中央に丸い水晶がある以外は何もない部屋だった。

魔力測定用の水晶は綺麗な球体だが、くすんでおり、お世辞にも綺麗な見た目ではない。

受付嬢が触れることで、水晶が淡く煌《きら》めいた。

「このように触れることで魔力を吸収し、魔力量を示してくれます。輝きが大きいほど魔力量が高く、逆に輝きが小さければ魔力量が少ないということです」

「なるほど。どのくらいが合格点なんだ？」

「先ほどの私の魔力量では厳しいですね……。もう少し輝けば合格できると思います。一般人の私ですらもう少しで手が届きますので、それほど高いハードルというわけではありませんよ」

「なるほど……とにかくやってみるか」

俺は、水晶に手を乗せた。

すると――

ピカッ！

たちまち水晶は強烈な蒼い光を放った。

これだけ輝いていれば流石《さすが》に合格だろう……と一瞬思ったのだが。

「どうした？　固まっちゃって。もしかして何か間違えてたか？」

受付嬢は目を見開き、微動だにしなくなっていた。

早く合格判定をしてほしいのだが……。

「す、すみません！　こんなの初めて見たもので……すぐに確認しますね！」

どうやら、やっと我に返ってくれたようだった。

勝手に手を離すわけにはいかないので、そのまま水晶に手を触れていると――

「熱っ」

だんだんと水晶の温度が上がり、火傷《やけど》しそうなほど熱くなってしまった。

見た目も赤い球に変化してしまっている。

俺は鍛えているので実際に火傷することはないが、二〇〇〇℃くらいはあるんじゃないだろうか。

受付嬢がメモを取っていると――

ピキピキピキピキ……。

という嫌な音がしてきた。

これってもしかしてだが……。

「なあ、この水晶って割れること……あるのか？」

「いえ、そんなことは今まで一度も聞いたことがありません。絶対に大丈夫です！」

「そうか、ならよかった」

だが、そのときだった。

パリンッ――!!

ガラスが割れるような音が部屋に響き、俺の魔力量を計測していた水晶が粉砕したのだった。

「どういうことだ？　割れたんだが……？」

受付嬢は魔力測定用の水晶が割れることは絶対にないと言っていたが、粉々になってしまった。

「あ、ありえないです……。水晶は魔力を吸収して測定するので原理的には許容量を超えると割れますが、その許容量はSランク冒険者の方でも十分に耐えられるほど余裕のある設計になっているはずなんです……！」

「でも実際に割れたわけなんだが……」

「そ、そうですね。前代未聞です。……ハッ！」

何かに気付いたような素振りを見せる受付嬢。

「アルスさん、やはりあなたは勇者パーティー――」

「違う。常識的に考えて勇者パーティの付与魔術師がわざわざ冒険者になるはずがないだろ？」

「で、ですよねー……」

事実として今は『勇者』ではないのだから、嘘はついていない。

「そもそも、仮にアルスさんが勇者様だとしても水晶が粉砕するほどの魔力をお持ちだとは思えないですし……」

「ん……まあ、そうだな」

魔力は剣や魔法を使う際に消費するもの。

生まれながらにして誰もが魔力を持ち、体の成長とともに増えていく。

体の成長は先天的なものだが、消費した魔力が回復する際に微増したりもする。

他にも強い敵との戦闘による経験値獲得で微増したりなど様々な方法があるが、どちらにせよ後天的に魔力量を引き上げるには血の滲《にじ》むような努力が必要だ。

俺は、勇者になるまでには勇者として最低限の魔力量しか持ち合わせていなかったが、後天的に膨大な魔力を手に入れた。

そういえば、このことも勇者パーティの面々には言えていなかったな。

勇者や冒険者は実力が全て。

努力の過程など見せずに結果だけを見せればいいと思っていたが、そのせいで実際よりも勇者アルスは過小評価されてしまっていたようだ。

まあ、今となってはどうでもいいのだが。

「そんなことよりも、試験結果はどうなるんだ？　判定不能で不合格と言われても、これは抑えようがないんだが……」

「いえ、これはもちろん合格です！　それはご安心ください！」

「よかった」

俺は胸を撫で下ろした。

他の試験はともかく、ここで躓《つまず》くと永遠に合格できない可能性もあったからな……。

「それにしても、迷惑かけちゃったな」

「……？　何がですか？」

「水晶が壊れたから、しばらく試験ができないだろう」

「いえいえ、お気になさらないでください！　壊れるのは想定外でしたが……本来はギルド側が想定しておくべきことです」

「そう言ってくれると助かるが……」

俺とギルドの両者どちらも悪くないとはいえ、迷惑をかけてしまったのは事実だ。

「痛っ……」

「ん、どうした!?」

割れてしまった水晶を片付けていた受付嬢が悲痛な声を漏らした。

「い、いえ……少し指を切ってしまっただけです！　だ、大丈夫ですから！」

「結構派手に切ったな……」

切れてしまった受付嬢の指からは血がドクドクと流れていた。

切り傷は後になっても痛むんだよな……。

元を正せば俺が水晶を壊してしまったせいで怪我をさせたのだから、罪悪感を抱いてしまう。

「ちょっと、触れるぞ」

「え？」

「ジッとしててくれ」

普通、付与魔術師や付与魔法師は強化魔法しか使えない。

例えば味方の攻撃力を強化したり、防御力を強化したり……など。

もちろん、強化魔法だけでも強力ではある。

でも、俺はそこで満足しなかった。

付与魔法の本質は強化魔法を付与することだけに限らない。

なんらかの『性質』を付与することにある。

そのことに気付いた俺は、強化魔法だけに縛られない付与魔法に無限の可能性を感じた。

例えば、患部を再生するイメージを俺の頭の中で描き、付与魔法を構築する。

そして、受付嬢の指に魔力を流し込めば――

「ヒール」

まるで回復術師が回復魔法をかけたかの如《ごと》く一瞬で怪我を治癒することに成功した。

「……えっ!?　け、怪我が治ってる!?」

「もう痛くないか？」

「え、はい……。あの……アルスさんは付与魔法師なのでは……？」

「そうだが、付与魔法師が回復魔法を使えたら何か問題があるか？」

「そりゃあ……い、いえ。水晶を壊した時点でもう何が起こってもおかしくありませんね。ともかく、怪我を治していただきありがとうございます！」

「うん。どういたしまして。……あっ」

受付嬢の怪我を治したことで、俺は閃いた。

物に対しては試したことがなかったが――

「どうせならこの水晶を直せるか試してみるか」

「そ、そんなことができるんですか!?」

「やったことないから約束はできない。でも、どうせ壊れてるんだし失敗しても問題はないだろ？」

「え、ええ。もちろんです……」

修復に成功すれば怪我のリスクを負わせなくて済むし、水晶がないことで迷惑をかけてしまうこともない。

俺は、粉砕してしまった水晶の破片が元の形に戻るようイメージし、付与魔法を構築する。

破片の上に手をかざし、魔力を流し込んだ。

「リペア」

　すると、破片の一つ一つが自動的に元に戻っていき、綺麗な球の形になった。

　どうやら作戦は上手くいったようだ。

「す、すごい……！　本当にありがとうございます！　正直助かりました！」

「ハハ……どういたしまして。まあ、元はと言えば俺のせいなんだけど」

「そ、そんなことありませんから！」

　慌てて俺のフォローをしてくれる受付嬢。

「あ、それで次の試験なんだけど……的当て試験だっけ？」

「そうです！　的に魔法か剣で攻撃していただいて、その攻撃力で合否が決まるものですが
……アルスさんのこの魔力量なら絶対大丈夫だと思います！」

「あんまり期待されてもプレッシャーになるんだが……」

　あくまでも俺は付与魔術師。支援職だ。

　流石に合格はできると思うが、変にハードルを上げてしまったせいでがっかりさせてしまわないか心配だな……。

「では、ご案内しますね～！」

◇

　受付嬢に連れてこられたのは、ギルドの裏にある広めの演習場。

試験による騒音を軽減するためか、周りは木々に囲まれている。

開《ひら》けた場所に横並びでカカシのような見た目の的が五体立っていた。

「あの的をこんな風に――」

説明しながら、受付嬢は初級魔法『火球《ファイア・ボール》』を放つ。

ゆらゆらと頼りない軌道で火の球が飛んでいき、カカシに着弾。

ポンッ。

――とかわいい音が鳴った。

直後、少しだけカカシが淡く輝いた。

「攻撃すると、攻撃力に応じて輝くんです。三回攻撃していただいて、最も攻撃力が高かった一回がカウントされます！　基準ですが、先ほどの私の攻撃より一回り強くなれば合格となります」

「なるほど」

「この試験は剣でも魔法でもどちらでも構わないですが……アルスさんは魔法でしょうか？」

「そうだな。どっちでもいいが……魔法の方が都合が良さそうだ」

というのも、俺は付与魔法を駆使することにより剣も問題なく扱えるのだが、今は剣を持ち合わせていない。

魔法なら道具がなくても使えるので、どちらでもいいのなら魔法の方が都合がいいのだ。

「ど、どっちでもいい!?　……承知しました。いつでも大丈夫ですので、攻撃をお願いします」

「わかった」

チャンスは三回か。

カカシに当たった攻撃だけがカウントされるため、必ず当てなければならない。

となると、一回目はほどほどの攻撃で確実に的に当ててそこそこのスコアを確保し、二回目、三回目の攻撃は全力を出して高スコアを叩き出す作戦でいくとしよう。

使う魔法は、さっきの受付嬢が使ったものと同じく『火球《ファイア・ボール》』。

俺は付与魔術師だが、『火球《ファイア・ボール》』くらいのシンプルな魔法ならわざわざ付与魔法に頼らずとも普通に使うことができる。

俺に限らず、攻撃魔法を主な役割とする魔法師や、回復魔法を主に使う回復術師など、多くの魔法系サポート職が初級魔法くらいは共通して使えるのが常識である。

初級魔法で最低ラインのスコアを確保しつつ、本命は付与魔法を使った高威力の魔法で挑むとしよう。

「よし」

俺は、カカシから二〇メートルほど離れた場所から火球《ファイア・ボール》を放った。

直線的に力強い軌道を描き、超高温の火球《ファイア・ボール》が飛んでいく。

そして、的に着弾。

ドガガガガアアアァァァァァア――――ンンンンッッッッ!!

着弾した瞬間、火球《ファイア・ボール》は大爆発を起こし、凄まじい轟音が鳴り響いた。

濛々と煙が立ち上がり、地面は高温で一部ガラス化してしまっている。

攻撃は上手くいったが――

「やっぱり火球《ファイア・ボール》じゃこの程度が限界か……」

俺が肩を竦《すく》めていると、受付嬢はなぜか目が飛び出るんじゃないかというくらい驚いていた。

「な、な、な、なんですかこれ!?　やばすぎますよ!?」

「うん？　安心してくれ。流石にこれは全力じゃないよ」

「って、はあああああ!?　こ、これで全力じゃない……えええええ……」

そんなことを話しているうちに煙が晴れてきた。

「それで、このくらいの攻撃力だと評価はどうなる……って、あれ？」

どのくらい輝いているのか、カカシを確認しようとしたのだが……。

「カ、カカシがバラバラになってます……。う、嘘でしょ……。っていうか、爆風だけで隣のカカシまでボロボロに……えええええ……」

的であるカカシは見るも無惨な姿になってしまっていたのだった。

どれも完全に壊れてしまったようで、輝きは皆無だった。

全部で五つあるカカシの全てをついでに壊してしまったようで、計測のしようがなさそうだ。

「これって壊れるもんなのか？」

「壊れるわけないです……いえ、実際に壊れてるので変な話なのですが……。と、とにかく合格です！　誰がなんと言おうと合格です！」

「よかった、合格になるんだな。あ、でもあと二回残ってるよな？」

「やらなくていいです！　もう合格ですから‼　っていうか全部壊れて試験のしようが……」

「『リペア』×5」

さっき水晶を壊したときと同じ要領で五つのカカシを全て元通りに修復した。

「試験のしようはありますが、必要ありません‼」

……ということで、的当て試験は火球《ファイア・ボール》を一回放っただけで終わってしまった。

◇

的当て試験を終えた後は約一時間の休憩。

午後になってから実技試験が行われることになった。

場所は、さっきの的当て試験と同じギルドの裏庭。

Cランク冒険者と決闘形式で一対一の決闘を行い、試験官であるCランク冒険者が合格と認めた者だけが最終試験に進める。

冒険者にはE～Sまで各ランクがあり、新米冒険者は全員が初めにEランク冒険者になる。

ギルドからの依頼をこなし、実績を積み重ねることでDランク、Cランクと段階的に上がっていくという仕組みだ。

Ｃランク冒険者になって初めて一人前の冒険者として認められる。

そんな相手から合格という言葉を引き出さなければならない。

「俺の他に三人受けるんだな」

「はい、全ての試験を一日で終えようとする方は珍しいです」

「そういうものなのか」

俺の他の三人は、緊張した面持ちで時間が来るのを待っていた。

俺は一八歳だが、皆俺より三～四歳若いようだ。

ふっ……なかなか懐かしい光景だな。

俺も勇者パーティの試験を受けたときは、こんな風に緊張していた気がする。

やることもないのでそんなことを思っていると――

「待たせたな。今日は俺が相手をさせてもらう」

試験官が来たようだった。

四〇歳近い見た目だが、筋骨隆々《りゅうりゅう》の頼もしい体格。

剣を持ってきている……ということは、おそらく剣士だろう。

「既にこの試験のルールは聞いてきてるはずだが、念のためおさらいするぞ」

ふむ、アバウトそうな見た目によらずなかなか丁寧な試験官だな。

「俺とお前たちで一対一の決闘を行う。剣でも魔法でも、得意なスタイルを選べ。一方が戦闘不能になるか、降参するまで続くぞ。試合の内容で合否を決める。お前たちは俺に勝つつもりで挑んでこい。何か質問があるやつはいるか？」

質問、か……。

俺はスッと右手を上げた。

「よし、なんでも言ってみろ」

「決闘の内容で合否を決めるってことだが……どういうポイントで評価してるんだ？」

「いい質問だ。これは実際の依頼と同等の試験……最終試験を受けるのに相応《ふさわ》しい能力があるかどうかを見ている。基本的な戦闘力やピンチの際の切り抜け方、状況判断能力を総合的に評価している」

ややふわっとした評価なんだな。

俺が欲しい回答とは違ったが、まあいいだろう。

「つまり、あんたに勝てば合格ってことなのか？」

「……ふっ、できるものならやってみるがいい。俺は腐ってもCランク冒険者だ。俺に勝てれば合格で誰も文句はないだろう。だが――今までそういうことを言って俺に勝てたやつはいないがな」

よし、言質《げんち》は取れた。

いくらサポート職とはいえ、俺は元勇者パーティの一員。

Cランク冒険者との決闘で苦戦することはあっても、負けることはないだろう。

ふわっとした基準だと、不合格になってしまう可能性がある。

勝てば必ず合格……これは安心感が違う。

「よーし、じゃあ今並んでる順番で一番俺に近いやつからかかってこい」

「は、はい……！」

どうやら、俺は二番目のようだ。

一番目を避けられたのは幸運だった。

先の決闘を見て、対策を立てるとしよう。

「い、いきます！」

一人目の冒険者志望者は、魔法師のようだ。

中級魔法『ファイア・ストーム』——燃える竜巻を発生させる魔法を使うようだ。

その歳でこの魔法を使えるとは、将来有望だな。

しかし……。

「なるほど、よく練習しているな！」

キンキンキンッ！

試験官は剣を振り、竜巻を断ち斬ってしまったのだった。

「……なっ！」

まさか、全く通用しないとは思っていなかったのだろう。

同世代に比べれば、かなり優秀な部類。

それゆえに自分を客観視できていなかった。

その驕《おご》りにより――

「こ、降参です……」

首に刃を突きつけられた冒険者志望者は敗北を認めた。

攻撃が通用しない可能性が頭の片隅にでもあれば、もう少しマシな立ち回りができただろう。

「攻撃自体は強力だったが、先制攻撃に失敗してからの対応力にやや問題あり……だな。悪いが、これでは合格とは言えん。次の試験はまた実技試験からでいいが、しっかり立ち回りを鍛えるように。期待している」

「は、はい！　ありがとうございました……」

肩を落としてギルドの裏庭から出ていく冒険者志望者。

次は、俺の番だ。

「ん、次は付与魔法師か。珍しいな」

実は、付与魔法の使い手は一般の冒険者でも珍しい。

ジョブは神から与えられるものなのだが、その割合には偏《かたよ》りがあり、魔法師や剣士は多い反面、付与魔法師や回復術師などは少ない傾向がある。

とはいえ、『ユニークジョブ』と呼ばれる強力な能力を持つ特別職に比べればそこそこの人口が存在するんだがな。

「ん、付与魔法師は魔法でいいんだっけか？」

「俺の場合は魔法も剣も使えるが……剣は持ち合わせがなくてな。魔法で受けようと思っている」

「ん、私物の剣は持ち込み禁止だぞ。試験ではギルドから貸し出す決まりになっているが、借りるか？」

「え、借りられるのか」

「ああ。魔法に比べて剣は個体によってそれだけで戦闘力が大きく変わるからな。試験に使うにはフェアじゃないだろう。俺が使ってるのもギルドのものだ」

そう言いながら、試験官は剣の柄《つか》に刻まれた剣と杖がクロスした模様を見せてくる。

これは、各国の冒険者ギルドが採用しているデザインのもので間違いない。

「なるほど……。それなら今回の試験は剣を借りたい」

「よし、わかった。準備しよう」

試験官がそう言うと、ギルド職員が剣を俺に届けてくれた。

「しかし両方使えるってのは初めて見たな。まるで魔法剣士じゃねえか。まあ、どっちも中途半端だとどうしようもないんだがな……。よし、いつでもかかってこい」

どうやら、さっきと同様で先制攻撃を譲ってくれるようだ。

このチャンスを活かして一気に攻め込むのも作戦としては有効だが、それだと不意打ちで勝ってしまうようで気分が悪い。

初撃は様子見も兼ねて、ある程度の実力を示すとしよう。

まずは自分に四つの強化魔法《バフ》――『移動速度強化』『攻撃速度強化』『攻撃力強化』『命中率

強化』を付与する。

そして剣にも同様の強化魔法を付与する。

「なっ……剣にも強化魔法を付与できるのか!?」

「ああ、ちょっとした工夫でな」

付与魔法の本質は性質付与。

その対象はなぜか生物だけに限られるという固定観念がある付与魔法師が多いが、それは違う。

魔法理論を深く学び、魔法の性質を理解すれば生物だけに限られないことに気付くのはそう難しくない。

なんせ、ごく普通の人間である俺にできたのだからな。

強化魔法が完了したことを確認し、俺は地を蹴った。

同時に、今度は試験官と試験官の剣に対して四つの弱体化魔法《デバフ》――『移動速度弱化』『攻撃速度弱化』『攻撃力弱化』『命中率弱化』を付与する。

「速い……っ！　くっ、しかもなぜか体と剣がいつもより重く……ど、どういうことだ!?」

混乱している中、俺は剣を横薙《な》ぎに一閃。

頭上を掠め、パラパラ……っと試験官の髪が落ちた。

と思ったら、試験官の髪はどうやらヅラだったようだ。

ヅラが丸ごと落ちてしまった。

まだ若いのに、大変だな……。

というか、他の冒険者志望者やギルド職員もいる中で隠していたであろうデリケートなことをバラしてしまったのは申し訳ない。

「…………悪かった」

「き、気にするな……」

しかし、同情はするがこの決闘に対して手加減はしない。

俺は足に『踏み込み強化』を付与し、音速を超えて接近する。

「き、消えただと!?」

「ここにいるぞ」

試験官が気付いた頃には、俺は剣の切っ先を寸止めしたのだった。

「……こりゃ参った。降参だ」

ふう、どうやら無事に勝てたようだ。

負けることはないと思っていたが、俺は目先の金に困っているという問題がある。

ひとまずこれで次の試験に進める。

俺はほっと安堵《あんど》した。

「す、すげええ……」

「Cランク冒険者に勝っちまうなんて、あいつ何者なんだ!?」

後ろで見ていた二人の冒険者志望者からそんな声が聞こえてきた。

しまった……。目立つつもりはなかったのが、うっかり目立ってしまったようだ。

俺は周りにすごいと思われるために強くなりたいわけじゃない。

むしろ目立つと否が応でも面倒ごとに巻き込まれてしまうことをわかっているから勇者パーティでもなるべく目立たないようにしていたくらいなのだ。

「名前……なんという？」

さっきまで決闘していた試験官が尋ねてきた。

「アルス・フォルレーゼだ」

「アルス……勇者パーティの付与魔術師か!?」

「いや、勇者ではないぞ。勇者ならここで試験を受けてはいないだろ？」

「う、うむ……確かにそれもそうか。それに、アルスはユニークジョブの付与魔術師……付与魔法使いの中でも規格外の存在だからな……」

そう、俺は『付与魔法師』ではなく『付与魔術師』。

『付与魔術師』はユニークジョブであり、一般的な『付与魔法師』と比べて高いポテンシャルを持つと言われている。

とはいえ、流石に過大評価だと思うがな……。

上には上がいる。

俺は、自分が規格外などと自惚《うぬぼ》れてはいない。

「それにしても、さっきはそのなんだ……悪かったな」

地面に落ちたヅラを横目で見つつ、俺は改めて謝罪をした。

「あ、ああ。これが真実の姿だからな……。アルスが悪いわけではないさ」

「もしよければなんだが……生《は》やそうか？」

「生やす？　何をだ？」

「その……髪のことだ」

「そ、そんなことができるのか……!?　これまでに軽く五〇〇万ジュエルは投資してるが、全く毛根が復活する気配がないんだが……」

この国の通貨はジュエルというものが使われている。

冒険者の収入はピンキリだが、一般の労働者の収入は毎月三〇万ジュエル程度。

約一年半もの収入を毛根に投資していたことになる。

中にはこうした涙ぐましい努力による治療を施《ほどこ》すことで毛根が復活し、髪が再生する者もいるが、再生しない者も大勢いる。

ハゲは恥ずかしいことではないと割り切ることができれば幸せなのだが、そう割り切れる人間ばかりではないというのがこの世界の悩ましいところである。

むしろハゲる理由の一因としてストレスというものがあることがわかっている。

ハゲていること自体がストレスになり、そのせいでさらに深刻なハゲに繋がる無限悪循環に陥ってしまう者も多いのだ。

「できる。ちょっと頭を貸してくれ」

俺は試験官のツルツルな頭の上に手を翳《かざ》し、付与魔法を構築する。

毛根が復活し、再び力強い髪が生えてくることをイメージして性質を付与する――

「よし、できた」

その瞬間、ニョキニョキと力強い髪が生えてきたのだった。

「う、うおおおお――っ!!」

長年の悩みの種が解消されたのか、ものすごく嬉しそうだ。

これほどまでに喜んでくれたら俺も嬉しい。

「ありがとう……本当にありがとう！」

「ど、どういたしまして……」

ちょっとドン引きするくらい感謝されてしまったようだ。

試験官に俺の右手を両手で握られる。

「この恩は一生忘れない！　俺の名前はクリスだ。これから何か困ったことがあったら俺に相談してくれ！」

「お、おう……わかった」

ハゲをバラしてしまったお詫びのつもりくらいでしかなかったのだが、困ったときの相談相手が増えるのはいいことだ。

「アルスさん、合格おめでとうございます。それでは、次の試験――と言っても最後の試験ですが……準備はよろしいですか？」

ニコニコ顔の受付嬢が俺に確認してきた。

そう、まだ試験は終わっていないのだ。

本物の依頼と同等難易度の試験をクリアして初めて冒険者になることができる。

「いつでも大丈夫だよ」

「流石ですね……。普通は実技試験が終わった後はクタクタになって後日とするのですが……では、内容をご説明するので一旦ギルドに戻りましょう」

「ああ」

俺は返事をして受付嬢の後ろをついていった。

やや裏庭から離れたところで、少しだけ気になっていたことを確認する。

「クリスの髪のことって知ってたのか？」

ヅラが落ちたとき、受付嬢は笑顔だったし驚いた様子ではなかった。

俺は、この受付嬢が初めて知ったにしては違和感がある反応だと感じていた。

「もちろん知ってましたよ！　というか、気付かれてないと思ってたのはクリスさん自身くらいだと思います」

「そ、そうなのか」

「今までもたまにズレてましたし……」

「…………」

俺はなんとも言えない気持ちになった。

◇

「今回の最終試験の内容は、採集依頼です」

受付嬢は本物さながらの依頼書を俺に見せながら説明する。

最終試験の内容は、毎回バラバラなものになるらしい。とはいえ通常の依頼と同じく討伐・採集・護衛など基本的な形式になる。

いくつかのパターンがある依頼書からランダムで選ばれる。

今回の俺の試験は採集になるようだ。

「アルスさんには、ポーションの材料となる『活力草』を二〇本採集していただきます。ただし、制限時間は五時間。上手く戦闘を避けるもよし、戦闘をしつつ効率的に回収しても構いません」

活力草というのは、受付嬢の説明にもあった通り、生命力を回復させるポーションや魔力を回復させるポーションの素材になるものだ。

高ランク向けの狩場ならありふれたものだが、低ランク向けの狩場だと生えている数が少なく集めにくい。

広範囲を移動する関係で避けたくても魔物とエンカウントする場合もあるだろう。

集める数が少なければ上手く魔物との遭遇を回避することもできるだろうが、五時間という時間制限が難易度を引き上げている。

普通のEランク冒険者にとって五時間で二〇本の回収はややハードな内容かもしれない。

「お察しの通り、やや難しめの内容だと思います。しかし、圧倒的な試験結果を出されたアルスさんならクリアできるはずです。試験とはいえ、少しですがきちんと報酬も出るので頑張ってくださいね！」

報酬ももらえるのか！

Eランク依頼程度の報酬だと雀の涙だとは思うが、少しでも貰えるのはありがたい。

「ああ、問題ないと思う。五時間後にここに戻って来ればいいんだな？」

「はい、その認識で構いません」

「一応の確認なんだが、採集のついでに魔物を倒した場合は、それも買い取ってもらえるんだったよな？」

「もちろんです。今回は制限時間がある依頼なので、あまりお勧めはしないのですが……」

「ちょっと気になって聞いてみただけだ。気にしないでくれ」

俺は受付嬢から依頼書を受け取り、冒険者ギルドを出た。

◇

ベルガルム村を出た俺は、村から北東に位置するイスタル森林を目指した。

イスタル森林はCランク向け狩場。

いきなり強い魔物が生息するエリアを選んだのには理由がある。

今回採集するもの――活力草は、魔物の魔力にあてられて成長するという特性がある。そして、その魔力が大きければ大きいほど成長しやすいと言われている。

そのため低ランク向け狩場では自生しにくく、高ランク向け狩場ではありふれた存在になる。

ギルドからは採集する場所を指定されてはいないのだから、最初から高ランク向けの狩場で楽に回収してしまえばよいと考えたのだ。

勇者パーティ時代にこの辺りの魔物のおおよその強さは把握している。

魔物の強さがソロでなんとかできる程度の強さで、かつあまりベルガルム村から移動して時間がかからない場所――そこが、イスタル森林だった。

たくさんの木々が生える森林の中を歩いていると、さっそく活力草を見つけた。

それも、まとめて一〇本生えている。

至る所に生えているので、すぐに二〇本くらいなら集まるだろう。

「ピギィ！」

そのとき、足元からネズミ型の魔物が飛び出してきた。

グリーンラット――防御力は大したことはないが、とにかく素早く、毒牙による攻撃力が高い。

「うるさい」

俺は飛びかかってきたグリーンラットの動きを正確に見切り、足で急所を蹴飛ばした。

「キュウゥ……」

他にも複数の魔物が俺を狙っていたようだが、グリーンラットを一撃で仕留めたことでそそくさと逃げてしまった。

例外はあるが、強い魔物になるほど知能も高くなる傾向がある。

勝てない相手には挑まない——懸命な判断をしたということだろう。

いや、知能が高いからこそ強い魔物になるのかもしれない。

どちらにせよ、採集がやりやすくなってありがたい。

「よし」

目的の活力草二〇本を回収し終えた。

しかし、ギルドに戻ろうと村を目指して移動を始めたところ——

「や、やめて！　来ないで——!!」

悲痛な声を漏らす女の子の声がした。

一人——ということは、俺と同じくソロ冒険者か。

どうやら、魔物の群れに突っ込んでしまい、大量の魔物に囲まれてしまったようだ。

魔物の種類は、ブルーウルフか。

縄張りに踏み込みさえしなければ積極的に人を襲うことはないが、縄張りには特に目印となるものがないため、青いウルフには常に警戒しなければならない。

一人で行動するソロ冒険者にとってはトラップのような存在である。

襲われていたのは、金髪碧眼の美少女。

サラサラのロングヘアーに、一切の無駄がない華奢《きゃしゃ》な肢体《したい》。華奢ではあるが、胸は大きい。

一言で言えば、まるで御伽噺《おとぎばなし》に出てくるお姫様のような美少女だった。

剣を持っているのでおそらく剣士だとは思うのだが、腰を抜かしてしまって動けそうにない。

既に何度か攻撃を受けているのか、ローブの装甲が剥がれて防御力が下がってしまっている。

防戦一方でかなり苦戦しているようだ。

あのままだと、確実に死ぬな……。

……仕方ない、助けるとしよう。

あまり他の冒険者に干渉したくはないが、このまま放っておいて嫌な知らせを聞いても寝覚めが悪いからな。

まずは、魔物に襲われている女の子が怪我しないよう、強化魔法《バフ》――『防御力強化』『魔法抵抗力強化』『回避力強化』『移動速度強化』の四つを付与。

そして、魔物に対して弱体化魔法《デバフ》――『移動速度弱化』『攻撃速度弱化』『攻撃力弱化』『命中率弱化』の四つを付与。

ここまで、約〇・五秒ほど。

俺自身にも強化魔法を付与し、踏み込むと同時にブルーウルフの鋭い牙が少女を襲う。

しかし――

「え……？　痛く、ない……？」

強烈な痛みが襲うことを覚悟し、死すらも考えていたであろう少女は想定外の事態に困惑していたようだった。

「ちょっと熱くなるから、俺から離れないでくれ」

「え!?　あ、あの……あなたは!?」

俺は質問に答える間もなく、攻撃用の魔法を準備する。

付与魔法の本質は性質付与。

全てを付与魔法で再現することはできないが、大抵のことは再現することができる。

いや、それどころか、より強力に改変することも可能だ。

つまり、付与魔法は攻撃魔法にも応用できる。

俺を中心に空洞を作り、その周りを焼き尽くす性質をイメージし、付与魔法を展開。

――『灼熱の業火《プロミネンス》』。

俺と少女の周りを囲むように巨大な炎の壁が立ち上がり、外側は触れた部分を一瞬で焼き尽くす。

ドーナツの穴の中にいるような感じなので、めちゃくちゃ熱い。

少女も少し汗ばんでいるようだ。

俺の腕にしがみついている格好なので万が一、滑って業火に巻き込まれでもしたら大変だ。

俺も少女を離すまいと抱える姿勢になった。

付与魔法の応用である『周辺探知』という技術により、周辺の魔物などの状況を探る。

ブルーウルフたちが全滅したことを確認し、俺は『灼熱の業火』を解除した。

辺りは円形状に燃え尽きてしまい、草原だった場所の面影はなくなっていた。

「あ、あの……危ないところを……ありがとうございました！」

「どういたしまして。まあ、そんなに大したことはしてないけどな」

「あ、あれが大したことないなんて……もしかしてかなり高位の冒険者の方ですか……？」

「いや？　まだ正式な冒険者ですらないぞ。この薬草をギルドに届ければ冒険者になれるらしい」

言いながら、俺はさっき回収した活力草を少女に見せる。

「冒険者試験でここに来たってことですか!?　試験でこんな場所に……!?」

「ああ、それはそうなんだが……活力草の回収場所をここにしようと決めたのは俺だ。ギルドは特に場所を指定しなかったからな」

「な、なるほど……そういうことですか。って、それにしても強すぎますよ!?」

「まあまあ、俺の話は別にいいだろ？　そもそもなんでここにソロなんかで来てたんだ？　失礼な言い方にはなるが、まだ実力が足りてないように思うが……」

俺は自分の強さを誇示したいわけではない。

むしろそういうのは勘弁願いたいので、そう言ってもらえるのはありがたいがこの話を長く続けたくはないのだ。

だから、話題を切り替えた。

「あっそれは……私、勇者になりたいんです」

「勇者……？　勇者ってあの勇者？」

「はい、その勇者です！　私も世界の平和のために勇者になりたいと思っていて、そのために経験値を貯めてたんです！　格上の魔物を倒したほうが経験値効率もいいですし。ですけど、死にかけたので反省はしてます……」

少女が勇者のことを話す瞳はすごくキラキラしていた。

俺の場合は付与魔法使いが当時求められていたから、冒険者としてのキャリアを積まないまま勇者になった。

この子の場合は、剣を使っているということは剣士なのだろう。

剣士が勇者になるには、既存の勇者より強くなければなることは難しい。

そのためにまずは冒険者になって地道に強くなろうとしていたというわけか。

俺から言わせれば勇者なんて憧れるほどの存在じゃないんだがな……。

そう思ったときには、つい言わなくてもいいことを口走ってしまっていた。

「夢を壊すようで悪いが……剣士は既に勇者パーティにいる。なかなか茨の道だと思うぞ」

しかし、返ってきた反応は意外なものだった。

「大丈夫です！　私、剣士ではないですよ！　剣聖ですっ！」

「剣聖……？」

「はい、剣聖です」

剣聖……どこかで聞いたことがある。

そうだ、昔読んだことがある古文書に書いてあった気がする。

「ユニークジョブか」

剣士や魔法師、回復術師、付与魔法師……ｅｔｃ．のような一般的なジョブではなく、特別なジョブが神から与えられることがある。

同時に生存しているのは世界でユニークジョブごとに一人ではないか——とまで言われるほどに稀有《けう》な存在だ。

俺自身が『付与魔法師』ではなく『付与魔術師』というユニークジョブだったりもするので一般人よりは詳しいつもりである。

強くなるためにたくさんの経験値を必要とする反面、成長すれば通常のジョブとは比べ物にならないほど強くなると言われている。

俺自身、勇者パーティに入ってから急速に強くなれたのは血の滲むような努力はもちろんのこと、ポテンシャルが高いユニークジョブだったことも一因としてあると思っている。

この少女——剣聖の場合は同じく剣を扱う剣士と比較されがちだが、評価としては剣士の完全上位互換に当たるとされている。

まだ成長途上だが、剣聖であれば勇者になることは夢でもなんでもない現実的な目標と言えるだろう。

「そうです！　私、頑張れば勇者になれるって聞いて……頑張ろうって思いました！」

「でも、勇者なんてそんなにいいもんじゃない……と思うぞ」

俺は内情を知っているだけに、勇者なんて冗談でも勧められない。特にこの子は話していると本当に無垢で純粋な子だろうということが伝わってくる。

こんないい子をあんな場所に送り込みたくない。

やんわりと説得していたところ――

「確かに大変だということはわかります！　でも、付与魔法の勇者アルス様と一緒に冒険するには勇者になるしかないはずです！」

「ブフッ」

「ど、どうしたんですか!?」

いきなり俺の名前が出たものだから、めちゃくちゃ驚いてしまった。

変なやつだと思われたらどうしようか？

いや、もう既に思われてるな。じゃあいいか。

「な、なんでもない。なんでその……アルス様と冒険したいんだ？」

「私、アルス様が大好きなんです！　いえ、愛してます！　アルス様のお嫁さんになるために、まずは一緒に冒険して、私のことを知ってもらおうと思うんです！」

「ブフッ」

「……!?」

「す、すまない。君の夢を笑ったわけじゃないんだ……。でも、会ったこともない相手だろ？　なんでそこまで好きになれるんだ？」

おそらく、この子は戦闘にあまり向いていない。

ブルーウルフの群れを相手に身動きできなくなってたしな……。

本人もあまり魔物と戦うのは好きではないだろう。

それでもなお弱みを克服して勇者なんかになろうというのは、よほどの強い想いがないとできることではない。

「アルス様は命をかけて私を救ってくれたんです。私、恩返しをしたいと思ってて、アルス様のことをずっと考えてたら大好きになっちゃったんです。もうこれは、お嫁さんになって一生ご奉仕するしかないと思うのです」

「お嫁さんはともかく、アルス様がそんなことを……な」

う～ん、全然思い出せないな。

この子を助けたことなんてあったっけ？

「もう三年も前ですが、私の故郷――ルーリア村に魔物の軍勢が押し寄せてきたことがあって、そのとき村はピンチになりましたし、私は魔物に殺されそうになりました」

「ああ、あのときか」

完全に思い出した。

「確かあのときは、たまたま勇者パーティが物資の補充のために立ち寄ろうとしたところがルーリア村で、俺と同じくらいの歳の子が避難に遅れて魔物に捕まってたから助け出したんだよな。確か、その子の名前はセリア・ランジュエット――」

あっ、うっかりここまで言っちゃったけど俺の正体、バレてないよな……？

できることなら隠し通したいが……。

ジーッとセリアは俺のことを見た。

「な、なんでそんなに詳しいことまで知ってるんですか⁉　しかも、私の名前まで……！」

「い、いや、それはだな……」

「あっ、わかりました。あなたがアルス様なんですね！　よく見たらあのときの少年にすごく似てる気がします！」

自信満々に俺のことを勇者アルスだと断定するセリア。

流石にこれは言い逃れするのは無理そうだな……。

「あれ？　でもそれだとおかしいですね……。アルス様は勇者パーティ所属のはず……。冒険者をしているのはおかしいです」

「まあ、その疑問はもっともだと思うよ。勇者アルスはちょうど今朝に勇者パーティを追い出されて冒険者になろうとしているんだ。もう今はただのアルスでしかない」

「な、なるほど……アルス様がそんな大変なことになっていたんですね……。ということはやっぱりあなたがアルス様！」

「ま、まあな……」

「信じられません！　ずっと会いたかったアルス様が目の前にいるなんて！」

完全に俺のことをアルスだと信じ切っているのだろう。

セリアは俺の胸に飛び込んできたのだった。

まあ、偽物なら大問題だが本物だし、別にいいのか……？

っていうか、もしかしてさっきのセリアの話からすると——

「も、もしかして俺と一緒にパーティやるとか言わないよな……？」

「あ、そのほうが都合いいですね！」

やっぱりついてくる気だ……！

不本意ではあるが、行動の自由がある以上は勝手についてくる者を止めることは俺にはできない……か。

しかしまぁ、『剣聖』なら、きちんと育てれば既存の勇者よりも強くなるだろう。

それなら、俺の目標である平穏な日常を取り戻し、二度と災厄が起こらないようにするためには魔王の討伐は必須。

その目的には合致する。

意図しない形ではあったが、結果的には悪くない。

ともあれ、俺のソロ冒険者ライフは一日保《も》たずに終わりを迎えたようだった。

◇

今朝、アルスを追い出した勇者パーティ一行は今日も魔物を狩るため、いつものようにベルガルム村を出た。

片道一時間ほど移動し、ジュラルド丘陵《きゅうりょう》に到着。

なだらかな丘が並ぶこの場所は今日のように天気がいい日にはとても景色がいい。

アルスを追い出したことで気分が良かった勇者パーティ一行はいつも以上に活気付いていた。

「今日からは同じ労力でも手に入る経験値が大きく変わるぞ！　なんせ無能を追い出したんだからな！」

「「「「万歳!!」」」」

アルスを追放したことを喜ばしいと思っているのは勇者パーティのリーダーであるナルドだけでなく、他五人のパーティメンバーも同じ。

アルスの追放はナルドの独断ではなくパーティメンバーの総意により決められたことだった。

「ここにポーションがある！　多少金はかかったが、しっかり回収するぞ！」

アルスのような付与魔法使いがいなくとも、街で売られているポーションを使うことで強化魔法を得ることはできる。

もちろん、ポーションによる強化魔法がアルスのものよりやや劣ることは勇者たちも理解していたが、攻撃力はそれでも足りている——というのが彼らの認識だった。

しかし、アルスの話を聞かなかったばかりに、重大なことを一つ見逃していた——

「な、なんか今日の魔物強くねえか……？」

パーティメンバーの一人が呟く。

そのように感じていたのは一人ではなかったようで……。

「だ、だよな……夜でもないのに魔物が強化されてるのか……？」

「攻撃は強いし防御力は高いし、おまけに素早くなってるぞ……！」

「回復が間に合わない！　ポーションを飲んで！」

アルスは、味方を強化するだけでなく、敵を弱体化することでもパーティに貢献していた。

そのことを伝えようとしたが、勇者たちは聞く耳を持たなかったのだ。

そのため、なぜ敵がこれほどまでに強いのかは知る由もない――

「き、気のせいだ！　気にするな！　いつも通りやればそれでいいはずだ！！」

「し、しかし……これは……」

「うるせえ、しっかりやれ!!」

「……さーせん、まさかそんなことないですよね!!」

明らかに普段と変わらない敵が手強くなっていても、気のせいだとして勇者パーティはアルスの貢献を信じようとしなかった。

勇者たちの戦闘力が下がり、逆に敵がさらに手強くなってはいるものの、もともと安全マージンはしっかり取られた上で狩場に出ている。

そのため、直《ただ》ちに死ぬことはなかった。

「ふ、ふう……なんとか倒せたな。……ほら見ろ、アルスなんて関係ねえんだ！　まったく問題ない、続けるぞ」

この時点で、薄々なにかがおかしいことには全員が気付いていた。

アルスをパーティから追い出した以外には、何も変わらないにもかかわらず、あまりにも変化が大きすぎた。

しかし、あのような追い出し方をした手前、もはやどうすることもできなかった。

第二章　依頼

セリアに俺の正体がバレた後、俺と一緒についてくる形でベルガルム村に帰還した。

冒険者ギルドへの道中をセリアと横並びで歩いている。

「あれ？　そういえばアルス様は採集依頼の試験でイスタル森林に来てたんですよね？」

「ん、そうだが？」

俺に命じられた試験依頼は、『活力草』を二〇本集めてこいというもの。

到着して早々に集め終わり、その帰り道にセリアを助けて今に至る――という状況である。

「活力草って手のひらくらい大きいと思うのですが……どこに収納したのですか？　かなり軽装備ですし……」

「ああ、そういうことか」

セリアは俺が本来の目的である活力草をどこかに忘れていないか心配してくれているのだろう。

確かに、完全に手ぶらなので一目見ただけでは心配されるのも無理はないのかもしれない。

「ほら、ここにちゃんと二〇本ある」

俺は異空間へ繋がる幾何学模様――アイテムスロットを開き、そこから活力草を二〇本取り出して見せた。

「えええええええ……っ！　す、すごいです……！　ど、どうやってるんですか……!?」

俺は付与魔法を使うことで任意の場所に異空間へ繋がるゲートを開くことができる。

この異空間はこの世界とは異なった次元に存在しているらしく、どんな巨大なものでも大量に収納することができることを確認している。

さらにこの異空間には時間という概念がないらしく、収納したアイテムは常に新鮮な状態で保管することができるのだ。

これは、勇者パーティでも秘密にしていたものだ。

このような能力があることがわかれば確実に荷物持ちをさせられていたことだろう。

俺だってパーティの役に立ちたいという思いはあったから、頼まれれば喜んで引き受けるつもりだった。しかし、この異空間がどのような仕組みなのかよくわからないまま使っているので、中身が消失したとしても責任を持てない。

俺以外にゲートを開くことができなければ、例えば俺が死ぬと同時に勇者パーティはあらゆるものを失ってしまう。

そんな大きなリスクを負うことはできなかった。

もちろん説明した上で賢く使えればいいのだが、あの勇者パーティはリーダーのナルドをはじめ、ちょっとばかり頭が弱かったため理解させた上で上手く運用することは難しいと思ったのだ。

セリアは俺の言うことなら聞いてくれるだろうし、無茶なことは言ってこないと確信したから見せたにすぎない。

「付与魔法で異次元へのゲートを開いたんだ。ただ、このゲートの先がどうなってるのかは俺もよくわからない。間違って入らないように注意してくれよ？」

「わ、わかりました……！　流石はアルス様です！」

そんなことを話しているうちに、冒険者ギルドの前に着いた。

ギルドの扉の前で、ふと立ち止まった。

「……？　どうしたのですか？」

「セリア、俺はもう勇者じゃないんだ。アルスって呼んでくれ」

かつては勇者だったかもしれないが、今はもう違う。

これは正体を隠したいというよりも、過去の俺を断ち切りたいという思いからだった。

「アルス……わかりました！」

俺の気持ちを察してくれたのか、セリアは特に何か言うことなく受け入れてくれたようだった。

「ありがとな」

冒険者ギルドの扉を開け、報告のため受付へ向かう。

「納品をしたいんだが」

「ええ……今戻られたんですか……!?」

「ん、遅かったか？」

確かにセリアが魔物に襲われているというアクシデントがなければ、もっと早く納品できていた。

意図せずではあるが、前の試験で俺への期待値を上げまくってしまったからな。

これでも普通よりは早いと思うのだが、このような反応になってしまうのも無理はないか。

「ち、違います！　逆です！　早過ぎということです！」

「ああ、そっちなのか」

「ギルドを出てから一時間で終えられた方は前代未聞ですよ……」

まあ、勇者を辞めた人間が冒険者として登録しなおす事例は聞いたことがないからな。

もともと冒険者としても十分戦える状態で試験を受けたのだ。

こんなものだろう。

「それよりも、納品をしたいんだが」

そう言って、俺は活力草をカウンターの上に並べていく。

「確かに二〇本ありますね！　しかも採れたばかりで新鮮です。どこかで購入したものなどではないようですね」

ああ、なるほど。

活力草の効能自体は多少時間が経っても失われることはないが、時間が過ぎると、ややシナシナになってしまう。

不正をしていないかの確認のため五時間という時間制限があったのか。

「ついでに買い取ってほしいんだが……」

と言いながら、アイテムスロットから大量の魔物を取り出した。

カウンターの上に乗り切らないため、床の上に山積みにした。

「な、なんですかこれ——!?」

「活力草を集めるときに邪魔してきた魔物だ。買い取ってくれると言ってたからな」

残念ながら、セリアを襲った魔物たちは燃やし尽くしてしまったため、持ち帰れなかった。

とはいえ十分な数だろう。

「た、確かに言いましたが本当に持ち帰られるとは……というか、今の魔法はなんです!?」

「まあ、企業秘密だ」

「そ、そうですか……いえ、それにしても魔物を丸ごと持ち帰られるとは思いませんでした……」

魔物の素材は勇者パーティ時代も持ち帰って売っていたことがある。

流石の俺も全てを持ち帰る必要はないことをわかっていた。

「どれが売れる部位なのかよくわからないし、捌《さば》くのも面倒だったからこのまま持ち帰ってきたんだ。言ってくれればバラすよ」

「い、いえ……このままで買い取らせていただきます。本来は魔物を丸ごと持ち帰ってほしいというのが本音なのですが、なかなか難しいため一部のみで買い取りしているのです。全部のほうが活用しやすいですし、買取金額も通常より上げさせていただきますね」

「おお、それは助かる」

バラす手間が省けたばかりか、より高く買い取ってもらえるとは……。

こんな仕組みがあれば最初から教えてくれればよかったのにな。

「それでは、買い取りはもう少しお待ちいただきますが先にこちらを……」

そう言いながら、受付嬢は金属板を渡してきた。

「おめでとうございます。アルスさん、冒険者試験合格です！」

「ありがとう。これが、ギルドカードか？」

受付嬢から手渡された金属プレートを受け取った。

俺の名前と職業、冒険者ランクなどが記載されている。

「その通りです。こちらはギルドから依頼を発注するときだけでなく、身分証にもなります。絶対になくさないように注意してくださいね！」

「ああ。でも、もしなくした場合はどうすればいいんだ？」

まずはなくさないようにしなければならないのだが、俺はやや心配性なので、その辺が少し気になってしまう。

「再発行することになりますが、そのときは一万ジュエルをいただきます」

「一万ジュエルはちょっと痛いが、再発行できるんだな」

「ええ、再発行自体はできるのですが……身分証ですので、悪用されてしまう可能性もあります。なので大事にしてくださいね」

「わかった、なくさないようにするよ」

俺はローブの内側にあるポケットスペースにギルドカードを収納した。

「あ、それとパーティを新しく作りたいんだが……すぐに手続きしてもらうことってできるか？」

「パーティ結成には少なくともアルスさん以外にも一名がパーティメンバーとして必要になりますが……もしかして、隣にいらっしゃる……？」

「ああ、セリアだ」

俺の隣でちょこんと立っていたセリアを紹介すると、受付嬢はやや驚いていた。

冒険者になってすぐにパーティを結成するのは珍しいのだろうか？

と思ったのだが、どうやら驚いていたのはパーティを結成すること自体ではなかったらしい。

「驚きました……。まさか頑《かたく》なにパーティを組まれないセリアさんが入られるなんて……」

「ん、そうなのか？」

「ええ、セリアさんはジョブが『剣聖』ということもあり、たくさんのパーティからオファーがあったのですが、勇者パーティを目指すのに腰掛けで冒険者のパーティに入るのは良くないと……」

受付嬢がそのように説明すると、セリアは照れ臭そうに笑った。

「えへへ……実はそうでした」

「なるほど、なかなかセリアは律儀なんだな」

女の子としてどう見るかという点ではまだまだ未知数なところがあるが、人間としてこういう人は嫌いじゃない。

俺と考え方も似ているし、たまたま出会った相手だというのになかなか相性が良さそうだ。

「本当は今すぐにでも依頼を受けたい……ところだが、もう少しでギルドが閉まる時間だな。明日にするよ」

冒険者ギルドの営業時間は、特別な事情がない限りは午前九時から午後五時まで。

今から依頼を受けることもできなくはないが、達成しても明日以降の成果になってしまう。

それでは今日依頼を受ける意味があまりないので、明日を待ったほうがよさそうだ。

俺は、セリアとのパーティ名を『インフィニティ』と定め、ギルドを後にした。

大成しなければ非常に痛いネーミングだが、セリアとのパーティならきっと大丈夫だろう。

ちなみに、魔物の素材の買取金額は合計で九万ジュエルだった。

一般的な一ヶ月の生活費が三〇万ジュエルだということを考えれば、弱い魔物ばかりだったわりには思ったよりもいい金額になっていたようだ。

アイテムスロット様々《さまさま》である。

◇

「ちょうどいい時間ですし、隣の食堂でご飯を食べてから帰りますか？」

冒険者ギルドを出た後、そんなことをセリアに提案された。

このすぐ近くに冒険者をターゲットにした食堂がある。料理は冒険者向けに割安に提供され、かつ量も多いため人気の店である。

勇者パーティ時代も利用していたので、味や値段に関してはなんの不満もないし、できればここで食べたいのだが――

「実は、勇者パーティを抜けたから今日寝る宿がないんだ。飛び込みで入れる宿はあまり多くないから、今から探さなくちゃいけない。今日はここで別れよう」

今日の朝までは勇者パーティが寝床を用意してくれていたが、今日からは自分で用意しなければならない。

ベルガルム村の宿情報が全てインプットできていればすぐにでも解決するのだが、あいにくそうではないため、時間がかかることも想定している。

総合的に考えて、ここでゆっくりご飯を食べるわけにはいかなかった。

「あ～、なるほどです」

「わかってくれたか」

「それなら、アルスは私が借りている宿に泊まればいいじゃないですか！」

「……え？」

セリアは何を言っているのだろう。

確かに、一部屋を共同で借りて複数人で使う――というのはありふれたことである。

勇者パーティでも男部屋、女部屋に分かれて共同で使っていた。

しかし――

「男同士ならお願いしてたが、流石にそれはな……」

「何が問題なんですか……？」

まるで意味がわからないと言わんばかりに純粋な顔を向けてくるセリア。

この子はこの世の汚《けが》れというものを知らなすぎるな……。

「いいか、よく聞け。男というのは女と一緒の部屋にいるとオオカミになってしまうんだ」

「ええ……！　アルスもなるのですか？」

「いや、俺はならん」

……と、ここまで言って気付いた。

俺の主張は完全に矛盾してしまっている。

一般論として、若い男女が同じ部屋で夜を過ごせば、何か間違いが起こるものだ。

しかし俺が無防備なセリアを襲うか？　と言われると、そうではないと答えざるをえないのだ。

「なら、いいじゃないですか！」

「いや、その……えっとだな……」

「あっ……もしかしてアルスは、私と同じ部屋で寝るのが嫌なのですか……？」

「ち、違う！　そうじゃない！　そうじゃないんだ……」

「アルスはオオカミにならなくて、私と一緒の部屋で寝るのも嫌じゃないんですよね？　新しく宿を借りるよりも絶対に安くなりますし……それなのになぜだめなのですか……？」

セリアの頭上に大量のクエスチョンマークが浮かんでいた。

確かに、セリアの言うことのほうが理屈が通っている。

考えれば考えるほど、俺が言っていることのほうがおかしく思えてくる……。

「そ、そうだな……。特に問題はないな。セリア、今日は泊めてもらっていいか？」

「もちろんです！　今日だけと言わず、ずっと一緒でいいですよ〜！」

俺が苦渋の選択をするのと対照的にセリアは無邪気な笑顔をぱあっと咲かせ、嬉しそうに俺を迎えてくれたのだった。

◇

今日のところはセリアが泊まっている宿を間借りすることができることになったため、心置きなく冒険者ギルドの隣にある食堂に入った。

食堂は広々とした空間の中に椅子と机が並べられている一般的なスタイル。

入り口にある魔道具——食券機で注文したいメニューの代金を支払い、カウンターへ持っていけば注文は完了。

食券との交換で札《ふだ》を渡してくれるので、好きなテーブルについて料理が届くのを待つという仕組みになっている。

「アルスはどれにするのですか？」

「そうだな……お金も手に入ったし、宿代も安く抑えられそうだし、思い切って牛肉のステーキにしようかな。サイズは……もちろん最大の五〇〇グラムだな。今日は腹一杯食べたい」

「す、すごいですね……わ、私もステーキが食べたくなってきました！　五〇〇グラム！」

なぜか俺に合わせてこようとするセリア。

五〇〇グラムのステーキとなると、男の俺でも腹八分目。なかなかのボリュームだが、大丈夫だろうか……？

「ステーキはいいんだが、セリアはそんなに食べるのか？」

「はい、私大食いなので大丈夫のはずです！」

「そうか、ならいいんだが」

華奢な見た目に反して大食いとは……。

人は見た目によらないのだな。

こうして俺たちは二人とも価格一万ジュエルの高級ステーキ（五〇〇グラム）を注文し、十数分待つと料理が届いた。

改めて五〇〇グラムの肉を目の前にすると、かなりのボリュームだった。

フォークとナイフを使い、食べやすいサイズに切り分けて口に運ぶ。

「……美味いな！」

「すごく美味しいです！」

思えば、勇者パーティ時代はかなり給料も安かったからな……。

一ヶ月の給料が三〇万ジュエル。

普通の村人なら十分な金額だが、勇者や冒険者のような稼業は生活費以外にも金がかかる。

日々の仕事に支障が出ないようにするため、どうしても食費を抑える必要があった。

久しぶりの贅沢である。

俺は黙々と食べ進め、一〇分ほどで完食した。

「美味かった――って、あれ？　セリア、もうお腹がいっぱいなのか？」

「ま、まだいけます……。大丈夫です……」

と言いつつも、セリアの皿にはまだ半分以上のステーキが残っていた。

やはり、セリアには多かったようだ。

「無理するなって。無理に食べても美味しくないだろう」

「でも、残すのは……」

やれやれ。

食べきれない量を食べようとするのに、残すのは嫌ときたか。

「じゃあ、残りは俺が食べるよ。これでセリアは無理して食べないし、食べ物も無駄にならないだろ？」

「アルスはまだ食べられるのですか……!?」

「ん、まあな。五〇〇グラムが最大だったからこれにしたけど、腹一杯ってわけじゃないぞ」

「な、なるほど……やはり勇者は食べる量も違うのですね……」

「いやこれは単に個人差だと思うが……」

たくさんのエネルギーを摂るにはたくさん食べる必要があるのはその通りだが、女勇者が皆五〇〇グラムのステーキを食べるわけではないからな……。

「あっ、でもこれってもしかして間接キ……」

「ん、なんか言ったか？」

「い、いえなんでもありません！」

「そうなのか」

セリアが何か言おうとしたのが気になるが、まあいいだろう。

なぜか赤面しているので理由を知りたい。

しかし無理に聞き出すほどのことでもなさそうだしな。

俺はセリアの分のステーキまで平らげ、満腹になった。

「ふう、じゃあそろそろ食堂を出るか――」

「おいっ！　なんだよこれっ！」

席を立とうとした瞬間、隣の席から怒号が聞こえてきた。

驚いてしまったが、どうやら俺たちに何か言っているわけではないらしい。

食堂の若い女性給仕さんに荒くれ者の冒険者二人が怒鳴っていた。

何があったのかわからないが、他にも人がいるのに大声を出すとはけしからんな。

俺は胸中で呟き、溜め息をついた。

「な、何か失礼がありましたでしょうか……!?」

「失礼も何もねえ！　料理に髪の毛が入ってたんだぞ！　ほら！」

荒くれ者の冒険者は、料理に入っていたという髪の毛を給仕さんに見せつけた。

なるほど……異物混入か。

料理を提供する店としてはあってはならないことだし、怒る気持ちもわかる。

しかしこれほどの剣幕で怒鳴らなくてもいいだろう。

「も、申し訳ございません。……しかし、その……」

「ああ？　この店は毛が入ったもんを客に提供してんのか？」

「い、いえ……そんなことは……」

「だったら誠意を見せろよ！　誠意！」

「あ、あの……しかし……」

「あー、お前じゃ話にならねえ！　責任者呼んでこい！　責任者だ！」

なるほど、要するにこの冒険者たちは遠回しに返金を要求しているということか。

しかし給仕さんが何か言いたげなのがやや気になるな……。

「わ、わかりました……。責任者を呼んでまいります」

「おう、早くしろよ」

給仕さんは大慌てで厨房に引っ込むと、ものの数十秒で頭に白いコック帽を被ったコックがやってきた。

コックは、かなり大柄の男。なかなかの威圧感がある。

「うちの料理に、何か」

冒険者たちは、やや怯《ひる》みつつもさっきと同じようにクレームをつけた。

「料理に髪の毛が入ってたんだよ！　これが証拠だ！　この店はこんなもん客に食わせんのか？」

「危うく食べるとこだったぜ、ありえねえよ！」

口々に文句を吐く二人組。

その髪の毛を見て、コックは悩ましげな顔をした。

髪の毛自体はなんの変哲もない茶髪。

五センチほどの長さのものが入っていたようだ。

「ふむ……料理に毛が入っていたことについては申し訳ないと思うのだが、奇妙なことも起こるものですなぁ」

「何がだ！　ここの料理に毛が入ってて、危うく食わされそうになったんだ！」

「そうだ！　返金を要求するぞ！」

コックは冒険者たち二人の茶色い髪の毛を見つめた。

そして——

「おい、厨房のコック！　全員集合しろ！」

コックが声を張り上げてから一〇秒ほどで厨房から三人のコックがやってきた。全員が白いコック帽を被っている。

「なんですかい？」

「うむ、うちの料理に髪の毛が混入しているとクレームを受けてしまってな」

「どんな毛なんです？」

「これだ」

責任者のコックは、冒険者たちが持つ髪の毛を指差した。

「こ、これは奇妙ですな……」

「こんなものが混入するとかあり得るんですかい……」

「これはおかしいですぞ」

集まってきた三人のコックたちは、責任者のコックと同じように悩ましげな表情を見せた。

「何が変なんだよ！」

「まさか俺たちが言いがかりつけてるとか思ってんじゃねえだろうな！」

心外だ、とばかりに冒険者たち二人は怒り始めた。

その直後。

「いやなに、我々はこのような頭でして。そのような長い毛が混入するはずないと思ってな」

四人のコックたちが、一斉に白いシルクハットを脱いだ。

するとそこには――

「ぼ、坊主頭だと……⁉」

「う、嘘だろ……」

薄々わかっていたことだが、どうやらこの冒険者たちは言いがかりをつけて返金を求めていたようだった。

なかなか悪質だな……。

「だ、だが髪の毛が混入するのはなにも厨房だけじゃねえだろ！」

「そ、そうだ！　そこの女の毛が入ったんだ！」

料理の『中』にどうやって給仕さんの髪の毛が入るのかわからないが、まだこの冒険者たちは諦めていないらしい。

しかし――

「あ、あの……料理の中に入っていた髪の毛は茶髪ですよね……？　私はこの通り赤毛なのですが……」

給仕さんの完璧な切り返しにより、冒険者たちの論理は完全に崩壊してしまったのだった。

この食堂のシェフたちは全員坊主頭であり、給仕さんは赤髪。

茶髪のやや長い髪の毛が入るはずがない。

ここで引き下がっておけば話は終わったというのに、冒険者たちは引っ込みがつかないのか、ガバッと席を立ち上がった。

机の横に立て掛けていた剣を手に取り、シェフたちにすごむ。

「じゃあ俺たちが嘘ついてるってのか！」

「なんか他に原因がないのか考えろよクソが！」

「け、剣を下ろしなさい」

屈強な佇まいのシェフたちだが、さすがに冒険者が剣を取ったことで動揺が見えた。

言いがかりをつけただけに飽き足らず、武力を使っての脅《おど》しとは……流石にこれはやりすぎだろう。

俺は直接この冒険者とは関係ないが、こんな輩《やから》のせいで冒険者という稼業自体に悪印象がついてしまう可能性も考えると放ってもおけない。

やれやれ、仕方ないな。

止めに入るとしよう。

「おい、そこの二人。ちょっとばかり調子に乗りすぎじゃないか？　流石に目に余るぞ」

「ンだとてめえ！　誰だ！」

「見ねえ顔だな。ってことは、大した冒険者じゃねえ……せいぜいDランクってとこか」

俺が誰であるかなんて今の話の中では瑣末《さまつ》なことでしかないと思うのだが、なぜかこの冒険者たちは俺のことが気になるらしい。

「いや、残念ながらEランク……というか、今日冒険者になったばかりなんだ。で、それがどうかしたのか？」

俺が懇切《こんせつ》丁寧に説明してやったというのに、二人組の冒険者は礼を言うどころか——

「何、Eランク？　今日冒険者になったばかりの新参《しんざん》が俺たちに楯突いてんの？　ギャハハハッ！」

「世間知らずの新参に教えてやらねえとなあ……Cランク冒険者の怖さをよォ！」

失笑されてしまったのだった。

まあ、それはともかく、この二人はCランク冒険者なのか。

Cランク程度でここまでイキってしまうとは情けない。

いや、高位の冒険者ほどこういった頭の弱い連中は少ないかもしれないな。

というより、ある程度の知能がないと上位の冒険者にはなれないだけなのかもしれないが……。

「ぜひこの目でCランク冒険者とやらの怖さを見てみたいものだな。期待しているぞ」

「こ、小僧……！」

「ぶっ殺してやる！　女の前で赤っ恥かかせてやる！」

俺が返事をした途端、冒険者たちの青筋がピキピキした。

なんか変なこと言ったっけな？

期待しているぞという言葉に怒らせる要素など何一つもないと思うのだが……。

「オラァ!!」

「死ね!!」

冒険者のうち一人が俺の正面から、もう一人が俺の背後から斬りつけようとしてくる。

挟み撃ち――というわけか。

しかし、この程度は予測の範囲内。

俺は自分に強化魔法を付与し、逆に敵二人には弱体化魔法を付与する。

その上で、正確に剣筋を見切る――

「遅い」

俺は小さく呟き、最小限の動きで攻撃を躱した。

「な、なんだと!?　よ、避けやがった……！」

「Eランクに成り立ての新参がCランク冒険者である俺の攻撃を避けやがっただと!?」

この冒険者たちにとっては意外なことだったらしい。

「怯むな！　まぐれに決まってんだろ！」

「そ、そうだな！　死ねや！」

そう言いながら、再度剣を振るってくるのだった。

しかし、完全に動揺してしまっている。おかげで隙だらけだ。

この程度の雑魚《ざこ》を蹴散らすのは簡単だが、ただ単に蹴散らすというのも退屈だな。

アレ、やってみるか。

俺はテストがてら、新たな付与魔法を試してみることにした。

繰り返すようだが、付与魔法の本質は性質の付与。

体内を巡っている全身の魔力を俺の指先に集中させることも、上手く工夫すれば可能である。

こうして――

「ア、アルス！　危ないです!!」

セリアが叫んだ。

まあ、事情を知らないセリアが声を荒らげてしまうのも無理のないことだろう。

なぜなら、俺は向かってくる剣の刃を人差し指で受け止めるような格好なのだからな。

生身の指なら切断されてしまうことだろう。

しかし、今の俺の指は全身の魔力が一挙に集まっている状態。

相手の技量は低く、武器自体も大したことがないもの。

この程度の相手に後《おく》れをとることはないはずだ。

実際、俺の思った通りになり――

パキンッ！

冒険者のうち一人が俺に向けていた剣の刃が折れた。

見た目上は、俺の指が剣を断った――ことになっている。

「……はあっ!?」

そのためか、冒険者たちは呆気に取られたようだった。

背後からの攻撃の機会を窺《うかが》っていたもう一人の冒険者も膝をついて戦意喪失している模様。

「まだやるか？」

「い、いえ……す、すみませんでした！」

「も、もう二度とこのような行いはしません……しませんから……」

「ああ、当然のことだ。それと、もう一ついいことを教えておいてやるよ。……ちょっとその剣借りるぞ」

俺は壊れていないほうの剣を受け取り、責任者のシェフに渡した。

受け取ったことを確認した後、魔力水晶を修繕したときと同じやり方で壊れてしまった剣を修繕する。

こうして元通りになった剣を片手に、シェフに剣を向けた。

シェフは俺の意図を汲《く》み取ったのだろう。

瞳に闘志を宿し、俺の剣戟《けんげき》に応戦する――

キンキンキンキンキンキンキンキンッッッ…………!!

「な、なんでシェフがこんなにつえーんだよ!?」

「う、嘘だろ……こ、こんなのBランク、いやAランク級じゃねえか!?」

二人が気付いたところで、剣戟を止めて冒険者に剣を返した。

「――ということだ。これに懲りたら、二度と変なことするんじゃないぞ？」

「へ、へい……」

「す、すいませんでした……」

まさか自分たちが脅していた相手が、自分たちよりも強かったとは夢にも思わなかったようだ。

まったく、この程度のことは念頭に入れておくべきことだろう。

「じゃあ、さっさと帰れ」

俺がそう言うや否や、二人の冒険者たちはすぐに食堂を立ち去ったのだった。

「諸々ありがとうございます。それにしても……よく私に剣の経験があるとわかりましたな」

責任者のシェフがそんなことを俺に言ってきた。

「ああ、動きとか筋肉のつき方を見てれば、剣のだいたいの技量はわかるよ」

「なんと……！　実はより美味い食材を求めて冒険者をしていたことがありましてな……。剣はそのときに磨いたものなのです」

なるほど、目的があると何事も上達しやすいと言うからな。

俺だって本来は戦いたいわけじゃないが、戦いのない平和な世の中にするためには、どうしても強くならなくちゃいけなかった。

「それにしても、そこまでわかっていながら助けてくださったのはどうして……？」

「あの感じじゃ素手でもあんたが戦って負けることはないとわかってたけど、シェフと客が喧嘩するのはあんまり良くないだろ？」

客商売の難しいところである。

正当なクレームをつけたのに腕っぷしで黙らせられた――なんて噂が立ちかねないからな。

「そこまで理解してくださっていたのですね。そう、まさにその通りなのです……」

あのとき仲裁に入ったのは、狙い通りかなり助かったらしかった。

　俺としては食堂を助けるというよりも、冒険者が変なことをするのが俺たちの不利益になる可能性があるから助けたにすぎないのだが……まあ、助けられたほうにとってはそんなことはどうでもいいよな。

「ほんの気持ちなのですが、こちら使ってください。またのご来店をお待ちしております」

「食券か……いいのか？」

「大金を払ってもこれほどの用心棒は来ないでしょうからな」

　フッと俺は笑った。

「なるほど、贔屓《ひいき》にさせてもらうよ」

　そう言って、俺は食堂を出た。

　夕食を食べる前はまだ赤い夕暮れだったが、食堂を出た頃にはもうすっかり暗くなっていた。

「アルス、さっきのすごかったです……！」

「ああ、あの指のやつか？」

「そうです！　私、大変なことになると思ってしまいました……」

　少し悲しそうな顔をするセリア。

　どうやら、俺の想像以上にセリアには心配をかけてしまったらしい。

　軽い気持ちで試してしまったが、仲間にこうも心配をかけていたとなると考えものだな。

「心配させてすまない。もうちょっとやり方は考えてみるよ」

「ア、アルスが謝ることじゃないですよ！　で、でもそうしてくれると私は安心ですっ！」

さっきとは打って変わってセリアは笑顔になった。

「さ、宿に戻って寝ましょう！」

「あ、ああ……そうだな！」

そういえば、セリアと二人きりで一夜を共にすることになっていた。

セリアは客観的に見てかなりかわいい。

魔が差さないよう用心する必要がありそうだ。

◇

セリアが借りている宿に到着した。

「なかなかいい部屋だな」

食事がつかないとはいえ、一泊五〇〇〇ジュエルで泊まれる宿とは思えないほどに真新しく、清潔な部屋だった。

ベッドが一つと、小さなテーブルと椅子が一脚のみの簡素な仕様だが、冒険者は日中外へ出るためまったく問題ない。

勇者パーティ時代は様々な村を巡り、色々な宿に泊まってきたが、この価格帯だと蜘蛛の巣が張っていることもあったので、ここはかなりの優良物件だと思う。

「そうなんですよ～！　色々泊まってみて、ここが一番だなって思いました！」

普通は面倒なのであまり拠点を移すことはないのだが……もともとはソロで活動していたことを考えるとその辺はやりやすかったのかもしれない。

「なるほど、これならぐっすり眠れそうだ」

俺はアイテムスロットから毛布を取り出し、床に寝転ぶ。

床は木の板なのでベッドに比べると硬いが、これぱかりは仕方ない。

「アルス、何してるのですか……？」

セリアが不思議なものを見る目で俺をのぞいてきた。

何してると言われてもな。

「普通に寝ようとしてるだけだぞ？」

「いえ、それはわかるのですが……場所です」

「場所？」

「ちゃんとベッドで寝ないと腰とか悪くしちゃいますよ！　冒険者は体が資本なのです」

「それは理解してるんだが……」

部屋をもう一度見てみるが、何度見てもベッドは一つ。

一つしか使えないのであれば、お邪魔させてもらっている俺が床で寝るしか選択肢はないと思うのだが……？

それとも、何か特殊な収納か何かでベッドが出てきたりするのだろうか。

「ベッドはセリアに使ってほしいし、そうなると俺は自動的に床になると思うんだが」

「な、なぜそうなるのですか……」

セリアはやれやれと嘆息《たんそく》する。

え、俺、なんか変なこと言っただろうか……？

確かに冒険者を経ることなく勇者パーティに入ったため、少し世間の常識には疎《うと》いかもしれない。

しかしこれが間違っているとも思えないのだが……？

「いいですか、例えばです。ここにワンホールのケーキがあるとします。全部アルス一人で食べますか？」

「いや、その場合はセリアがいるんだから少なくとも二つに分けるだろうな」

「そう、つまりそういうことなのです！」

どういうことだ？

ケーキの話とさっきの話に関連が見られないのだが……？

「つまりですね、このベッドは私一人で使うには大きすぎるのです。二人でシェアしても十分使えると思うのです」

セリアがとんでもないことを言い出した。

「い、いや……あのだな、これは一人用のベッドだろ？」

「そんな説明はされていません」

「……」

いやいや、まあそりゃ説明はされないだろうけども……。

一般常識として、詰めれば二人で並んで眠れるとしてもシングルベッドは一人用だろう……。

「一人用かどうかはともかくとして、若い男女が同じベッドで一夜を共にするというのは問題があると思わないか？」

「う〜ん、なぜですか？　同じ部屋で寝るのはいいのに、同じベッドだとダメなのですか……？　私よくわからないです……」

「そ、それはだな……」

まずい、さっきの話に戻ってこれじゃ堂々巡りになってしまう。

本来は同じ部屋で眠るのも避けるべきなのだが、これを受け入れてしまったせいで、俺の言葉に正当性がなくなってしまっている……。

「同じ部屋で寝るのはいいけど、私と同じベッドで寝るのは嫌ということですか……」

セリアはしょぼんとした顔で呟いた。

うるうるとした瞳でこちらを見つめてくる。

そんな顔をされて、「そうだ」と言えるわけがないじゃないか……。

「ち、違う！　そうじゃないんだ！　俺はセリアと一緒のベッドで寝たい！」

「そ、そうなのですね！　そう言ってくれると嬉しいです！」

セリアはさっきとは打って変わり、幸せそうに微笑む。

はぁ〜、またやってしまった。

人を説得するというのは、なかなか難しいものだな……。

ある意味、どんな魔物よりも強力かもしれない……。

「ささ、こっちに来てください！」

「あ、ああ……失礼するよ」

俺とセリアは横並びになり、顔を突き合わせる形でベッドに潜った。

流石にシングルベッドを二人で使うとなると、使えなくはないのだが少し窮屈だな。

「うおっ！」

セリアも同じことを思っていたのか、体を密着させてきたのだった。

豊満な胸が当たり、ドキドキとさせられてしまう。

セリアに特別な意図がないとはいえ、年頃の女の子とこれほど密着したことはなかった。全然不快なわけではないのだが、この状況は困ったものだな……。

流石にこんなことは今日一日だけのはずだが、毎日続いたら死んでしまいそうだ……。

「おやすみなさい、アルス」

「ああ、おやすみ」

様々なことを気にしてしまう俺とは違い、セリアはこんな状況でも緊張感ゼロ。

気にしてるのは俺だけ、か。

そう思うと、自然と体の力が抜けていき、今日一日の疲労感に襲われた。

そして、いつの間にか寝入っていたのだった。

第三章　エリアボス

チュンチュン。

朝の心地よい鳥のさえずりと共に――

「はあ、はあ、はあ……」

俺は、呼吸を荒くしていた。

起床後のいつものルーティーンである。

俺は、付与魔法使いとしてできることの幅を広げてきた。

しかしそれは一朝一夕で身についたものではない。

腕立て伏せ、上体起こし、スクワットとトレーニングメニューを次々に消化していく。

「アルス、おはようございます……あれ、朝からどうしたのですか？」

セリアを起こさないようにこっそりやっていたつもりだったのだが、起こしてしまったらしい。

とはいえ、もう時刻は午前七時――いい時間ではあるか。

「日課の筋トレだよ。腕立て伏せ一〇〇〇回、上体起こし一〇〇〇回、スクワット一〇〇〇回は終わり。あと一〇キロの走り込みだけど……まあ、依頼を受けるなら今日はいらないかもな」

「ま、毎日そんなことをしているのですか!?」

「ああ、普通だろ？」

「普通そんなことできませんよ!?」

そうなのか……？

強くなりたいのならこのくらいするのは当たり前だと思っていたのだが……。

そういえば、勇者パーティの連中からは効率が悪いとかバカにされたな。

あいつらの言うことだからと気にも留めていなかったが、セリアからも言われるということは一般的にも普通なことではないようだ。

「体を鍛えると体内の魔力回路が活性化するし、身体能力自体も上がっていいこと尽くめなんだぞ？　――とまあ理屈的に言えばそうなるんだが、もう長くやりすぎてやらないのが気持ち悪く感じるようになっただけだしな。でも、みんな慣れればできると思うぞ」

身体能力が上がることは間違いないし、それに加えて俺の感覚にはなるが頭の回転も早くなる気がしている。

瞬時の判断力はもちろんだが、いわゆる創造性――例えば付与魔法を応用する際の発想なども、これを日課にし始めてから急激に成長した実感がある。

「鍛錬は大切だと思うのですが、アルスのそれは普通の人にはなかなか真似できないことだと思います。どうしてそこまで頑張れるのですか……？」

「どうして……と言われてもな。俺は魔王を倒して、平穏な日常を送りたい……そのためならなんでもやれるんだよ」

「それだけ、ですか？」

「ああ、それだけだ。魔王を倒せば魔素の発生が止まると言われているからな。そうなればもう戦う必要なんてないだろう」

俺は、皮肉にも戦いたくないがために強くなるしかないのだ。

ちなみに魔素というのは、空気に混ざって存在している物質である。魔物や魔族にとっては栄養分だが、人間にとっては毒にも薬にもならない意味のないものだと言われている。

魔王はこの世界に存在するだけで魔素を発生させ、魔物や魔族を活性化させてしまう。

そのせいで、俺たちは平穏な生活が送れなくなってしまっているのだ。

もちろんこの状況は今に始まったことではなく、もう遠い昔から続いているそうだが――

「それはそうですし、みんなが願っていることだとは思いますが……やや壮大すぎる話のような気がするのです」

「んー、まあそうだな」

確かに、これだけを聞かされてもいまいちピンと来ないのかもしれない。

「セリア、これはただの昔話なんだが――」

俺が会ったこともない魔王という存在を倒さなければならない理由。

話すかどうか迷ったが、セリアは大事なパーティメンバーだ。

今話さなくても、そのうち話すことにはなるだろう。なら、今言ってもなんの問題もない。

「六年前――ゲリラダンジョンが発生したっていう話は覚えてるか？」

◇

《アルヒエル村に緊急事態宣言が発令されました！　住民は直ちに避難を開始してください！》

一二歳の誕生日。

俺が住むアルヒエル村は混乱の渦中だった。

村の中に突如として『ゲリラダンジョン』なるものが発生したのだ。

この世界では、魔素の渦によりダンジョンが自然発生することがある。

ダンジョンの内部には大量の魔物が潜んでおり、その魔物を倒しつつ深部へ進み、ダンジョンボスを倒すことで攻略完了――ダンジョンは安全になる。

放っておくとダンジョンの近くにいる魔物が強化されてしまう反面、ダンジョンを攻略してしまえば人間にとって使い勝手のいい資源採掘場に変化するなどメリットもあるのがダンジョンだ。

しかし、ゲリラダンジョンは違う。

ゲリラダンジョンと通常ダンジョンの違い二点。一つ目は、発生してから一定時間以内にダンジョンが攻略されなければ、ダンジョン内の魔物が外に流出してしまうということ。二つ目は、攻略後にダンジョンは消滅するということ。

「あと四七分……アルス、そろそろ俺たちは向かう。お前は村の人たちと一緒に避難するんだ」

「一人で不安だと思うけど……アルスなら大丈夫よ」

俺の両親は、二人とも冒険者だった。

父は剣士、母は魔法師。しかもAランクとかなりの実力者。

村に突如発生した時限付きダンジョンの攻略のため、他の冒険者と混ざって俺の両親も参加するとのことだった。

ゲリラダンジョン自体は以前からも少ないながら存在の報告はされてきたが、村の中に発生することは今回が初めて。さらに制限時間が発生から三時間しかなく、これも極端に短かった。

それでも二人は本当に強いし、今日のダンジョンも攻略が終われば無事に帰ってくるのだろう。

しかし、その日の俺はなぜか嫌な胸騒ぎがしていた。

だから子供だというのに口走ってしまったのだろう。

「俺も一緒に行きたい！」

二人は困った顔をして、顔を見合わせた。

「だめだ、今は連れて行けない。ダンジョンを攻略して、安全になったら連れて行ってやろう」

「そうね。アルスにはまだ早いわ」

俺が行っても何か役に立てるわけじゃないし、むしろ足を引っ張ってしまうのは間違いない。

二人の判断は適切なものだった。

「絶対だよ！　約束だからね！」

「ああ、約束しよう。心配してくれているのはわかるが、今日はお前の誕生日だからな。絶対に生きて帰ってくる」

「帰ったら、すぐにパーティーの準備をするわね」

こうして、俺は二人を送り出した。

俺は『付与魔術師』とはいえ、まだなんの役にも立てない。

普通の村人と混ざって村の外に避難することになった。

ゲリラダンジョンが攻略されれば警戒は解除され、平穏な日常が戻ってくるはず。

一抹の不安を感じながら、俺はゲリラダンジョンが攻略されるときを待った。

しかし、ダンジョン発生から一時間が経過しても、攻略に参加した冒険者たちが戻ってくることはなかった。

「ガウルルル……」

村の中から次々とダンジョン内の魔物が流出を始める。

その頃には近隣の村からもBランク以上の冒険者たちによる応援部隊が駆けつけ、戦ってくれたのだが――

「うがっ……」

「つ、強すぎる……やめてくれ！」

「う、嘘だろ……まだ死にたくない！」

強いはずの高位冒険者が、なんの成果も得られぬままに命を散らせたのだった。

俺は、このとき子供ながらに両親もこんな風に魔物に殺されたのだと悟った。

二人の仇を取ろう――一瞬そんなことが頭に浮かんだ。

しかし――

「いや、ダメだ。俺がやって勝てるわけがない」

こんなときだというのに、やけに俺は冷静だった。

まだ俺は父と母のどちらの足元にも及ばない実力。

父は、「逃げるのは恥ずかしいことじゃない。勝てない戦いからは降りろ」――そう言っていたことが、ふと頭に浮かんだ。

《ゲリラダンジョンの攻略に失敗しました！　村人、冒険者ともにできるだけ村から離れてください！》

アナウンスがいたるところから聞こえ、村中に響いた。

この状況だと逃げることすらも難しい状況だが、俺は付与魔術師ゆえに移動速度を上げる強化魔法を使える。

なんとか隣の村に辿り着き、アルヒエル村から脱出することができた。

◇

「Sランク冒険者と勇者が出動したのにもかかわらず、犠牲を出した痛ましい事件でしたよね……。まさか、アルスの故郷だったなんて……」

冒険者たちだけでなく、一般の村人も八割くらいが犠牲になったと言われている。

これほどの事件は幸いその後起こっていないが、魔王が存在し、魔素が供給され続ける限りはまたいずれ起こってしまうだろう。

「……俺はただ平穏な生活が送りたいだけなんだよ。そのための努力なら惜しむことはない」

こんな話をしていると、気分が下がってしまったな。

「まあ、過去に囚われても仕方がない。ご飯を食べてからギルドに行こう」

「そ、そうですね！　九時には開きますし、朝イチで行きましょう」

俺とセリアは簡単に身支度した後、宿の近くで朝食を済ませてギルドに向かった。

依頼の受注方法は、ギルドに入り向かって右手にある依頼書が貼られた掲示板から適性ランクの依頼を探し、掲示板から剥がした依頼書を受付へ持っていくだけ。

魔王を倒すことを目標に置くのなら、パーティ全体の総戦力が重要になる。

そのためには、セリアの戦力強化は必須。

セリアの強化にちょうど良さそうな強度を基準に依頼を探すとしよう。

俺は決して自分の力に自惚れてなどいない。仲間の協力なしで魔王に勝てるはずがないのだ。

「あの、何かいい依頼はありましたか？」

「ああ、あったぞ。今日はこれにしよう」

俺は掲示板から依頼書を剥がして、セリアに見せた。

「魔鳥駆除の依頼……ですか？」

「そうだ。バッチリだろ？」

魔鳥というのは、鳥型の魔物全般を指す。

空を飛ぶ上に知能が高い魔鳥には行商人、冒険者問わず悩まされているため、報酬も他の討伐依頼に比べるとやや高い。

「でも、この依頼だとまた私はあまり役に立てそうにないですね……」

しょぼんとするセリア。

なぜ役に立たないと思うのだろう……？

「何言ってるんだ？　今回の依頼は基本的にセリアに戦ってもらおうと思ってたんだが」

魔王討伐を目指す上で、セリアの強化は避けて通れない。

この魔鳥討伐の依頼はそこそこ要求される能力が高く、セリアにとってはやや格上の敵になる。

格上との戦闘のほうが経験値を獲得しやすいし、慎重に戦えば問題なく勝てる相手。

そのためちょうどいいと思ったのだ。

「ええええええ!?　わ、私じゃ無理ですよ！　私、剣しか使えないんですよ!?　空を飛ぶ魔鳥に攻撃できませんし……」

そういえば、セリアは剣聖だっけ。

剣聖は剣のスペシャリストだが――

「なんだ、剣では空を飛ぶ敵を倒せないと思ってるのか？」

「当たり前じゃないですか!?　攻撃が当たりませんし、常識的に考えて無理だと思います」

常識がなんだと言うのだろうか。

俺はかねてから常識とは壊すために存在しているものだとばかり思っている。

「なるほど、大丈夫だ。俺を信じてくれ。今日中に空飛ぶ敵も倒せるように教えるよ」

「そんなことができるのですか……？」

「少なくとも俺はできるぞ。というか、空飛ぶ敵に対応できないのは結構大変だろ……」

俺はセリアを説得し、ギルドの受付へ。

無事に依頼の受注を完了させ、村の外に出た。

◇

依頼書に書かれた場所に到着した。

ベルガルム村の南に位置する二二七番道路。

様々な村へ繋がる重要な道路ゆえに、魔鳥駆除は大切になる。

「セリア、まずは俺が手本を見せるよ。ちょっと剣を貸してくれるか？」

「どうぞ」

「ありがとう」

俺はセリアから剣を借り、空を飛ぶ一体の魔鳥に狙いを定めた。

「剣に魔力を流して、圧縮。振る瞬間に増幅させるイメージで発散――」

これは、付与魔法は使っていない。

魔力を扱える者なら誰にでもできる技術だ。

なぜか勇者パーティの面々ですら使っていないので不思議に思っているのだが……。

刃は当然空を飛ぶ魔鳥に届くことはない。

しかし、俺が剣を振った瞬間。

ドガアアアアアンンンンッッッ！！！

発散された魔力が剣の形をとり、魔鳥に飛んでいき着弾したのだった。

魔鳥の体は真っ二つになり、その破片は魔力が触れたことにより爆散した。

「す、すごいです……！」

「――と、まあこんなところだ。簡単だろ？」

「ど、どうすればそんなことができるのですか……」

ふーむ、一度見ただけではわからないか。

「ポイントは肩の力を抜いて、魔力がスムーズに発散するように振ることだな」

「こ、こうですか？」

ぶんぶんとセリアが剣を振る。

その様子はかわいらしいのだが、微妙にコツを掴めていなかった。

「そうだな……ちょっと、俺と一緒に剣を振ってみよう」

そう言って、俺はセリアの背後に回り込み、剣を握るセリアの手に俺の手を重ねた。

「……っ！」

セリアが体をビクンとさせた。

なぜか顔を赤らめている。

よくわからない反応だが、剣を振るのに特に支障はないだろう。

「どうした？」

「い、いえ……なんでも」

「そうか、ならいいんだが」

俺はセリアと呼吸を合わせ、セリアのアシストに努めた。

剣に十分な魔力が充填《じゅうてん》されたことを確認し、一緒に剣を振る――

「今のタイミングだ！」

「はい！」

俺の指示に従って、セリアが魔力を発散する。

そうすることで――

「で、できました!!」

無事に成功したようだった。

一度の成功体験は大きい。

まだ安定して技を出すのは難しいだろうが、もう一人でもできるはずだ。

「今度はその調子で一人でできるように頑張ってみよう」

「わかりました！」

セリアは俺との共同作業を思い出すような素振りで、空を飛ぶ魔鳥に狙いを定めて剣を振る。

だが――

すかっ！

「だ、ダメでした……」

「ま、まあいい線はいってたと思うぞ。その調子だ」

「はい！　ありがとうございます！」

それから練習を重ね、セリアは俺が教えた技を自力で使えるようになり、回を重ねるごとに成功確率も上がってきた。

「あと一体で依頼も終わりだな」

「はぁ、はぁ……私、結構頑張りました」

「お疲れ様。でも、村の外では何が起こるかわからない。気を抜かずに最後まで頑張ろう」

「は、はい！」

もし万が一何か危ないことがあれば助けるつもりだったのだが、今のところ危ないこともなく依頼を終えられそうだ。

そのときだった。

「あの、アルス……魔鳥が逃げていきます……」

「なんだって……？」

魔鳥は知能が高い魔物とはいえ、セリアを恐れて逃げたというのもなんか変だな……。

しかし実際に魔鳥たちは潮が引くように四散していったのだった。

ただし、ある方向を除いて。

「アルス！　あれはなんでしょうか!?」

魔鳥たちがあの方向だけを避けて逃げていった理由が、まさにそれだと確信した。

大型の空飛ぶ魔物がこちらに急接近している。

「ワイバーン……だな」

「ワイバーンって……そんな……どうしましょう!?」

なぜかセリアは焦っているようだったので、俺は肩を竦めた。

「どうするって、最後の一体が向こうから来てくれたんだぞ？　よかったじゃないか」

「も、もしかしてあれを私に倒せと!?」

「その通りだ。もうできるはずだぞ」

「えええええええ!?」

何を驚く必要があるのだろうか？

俺が教えた剣戟は、剣の攻撃力と魔力による攻撃力を足し算する。

さっきまでセリアが戦っていた魔鳥は全て一撃で倒せていたし、俺が見た限りは完全なオーバーキルだった。

今のセリアならワイバーンくらいの魔物なら十分に倒せる実力があるはずだ。

「騙されたと思ってやってみろって。新しく覚えた技で攻撃力は足りてるし、魔鳥を倒したことで結構な経験値も入ってるだろう。心配することはないよ」

「アルスがそう言うなら……やってみます」

セリアは深呼吸し、それから剣を構えた。

ワイバーンはセリアを睨み、ブレスを吐こうとする。

ガウルルルル――!!

ブレスが放たれた瞬間、セリアの剣戟が繰り出された。

剣の形をした魔力弾が放出され、ワイバーンに向けて飛んでいく。

途中、ブレスと剣が衝突するが――

ザンッ――――!!

ブレスを斬り裂き、ワイバーンに向けて一直線で飛んでいく。

剣がワイバーンの弱点である胸部に衝突。爆発し、心臓を貫いた――

魔鳥を倒したときは、あまりに脆《もろ》すぎて討伐証明素材の部位になる硬い爪しか残らなかったが、ワイバーンは強かった。

一撃で絶命こそしたものの、その素材はほぼ残ったままだった。

ワイバーンの素材は希少性が高いため、爪や牙、鱗《うろこ》に至るまで様々なものが高価で取引されている。丸ごと持ち帰ればまとまったお金になることだろう。

「わ、私……本当に倒せました」

「言った通りだっただろ？」

「アルスの指導のおかげです！」

一人でワイバーンを倒しきったというのに、セリアは倒せたことが信じられないとでも言いたそうな顔をしていた。

「う～ん、俺はやり方を教えただけだぞ。吸収して自分のものにしたのはセリア自身なんだから、もっと自信を持っていい」

「わ、わかりました……！」

わかってくれたようで何よりである。

「さて、じゃあ依頼も済んだことだし、村に戻るか」

俺はアイテムスロットにワイバーンを収納し、セリアとともに村を目指した。

◇

ベルガルム村のギルドに帰還したのは、昼過ぎだった。

「依頼の達成報告をしたいんだが」

暇そうにしていたいつもの受付嬢に声をかけた。

「えっ、もう戻られたんですか～！　やっぱりアルスさんは早いですね……！　頼りになります」

「んー、俺は今日は一切戦ってないけどな？」

「……？　どういうことでしょうか？」

「ただ単にセリアについて行っただけだ」

俺の後ろからセリアがちょこんと顔を出す。

「セリアが剣で魔鳥を倒したのを後ろから見てただけだ」

俺がそのように説明すると、受付嬢は呆気に取られたような顔をしていた。

「えーと、剣で魔鳥を……ですか？　アルスさんが魔法で魔鳥を倒したのではなく、ですよね……？」

「その通りだ」

俺の説明がわかりにくかったのだろうか？

なるべく簡潔に話したつもりだったのだが……。

「アルスにすごい技を教えてもらったのです」

「な、なるほど……そういうことですか！」

あれ？　なんでセリアの説明だと納得するんだ……？

まったく、わけがわからない。

「セリアさんは元々ポテンシャルを秘めている方ではありますが、なるほど……アルスさんは指導力にも長《た》けているのですね」

なぜか、セリアを立てるつもりが俺が評価されているのはなぜなんだ……？

俺は何もしてないのに……。

「そうです！　アルスはすごいのです！」

「なるほど、よくわかりました！」

セリアと受付嬢の間でなぜか盛り上がり、俺は置いてけぼりになってしまったのだった。

一通り俺の話が続いた後、本来の事務手続きの話に移った。

「それでは素材を確認しますね。お手数をおかけしますが、このカウンターの上に置いていただけますか」

「ああ」

俺は麻袋からまとめて魔鳥の討伐証明素材を取り出した。

「ひい、ふう、みい……あれ？　一つ素材が足りないような……数え間違いでしょうか」

「いや、一つ足りないはずだ。実は、もう一つ持ち帰ったのは大きすぎてカウンターの上に載せられなくてな」

そう言いながら、俺はアイテムスロットからワイバーンを取り出した。

ギルドの内部はそこそこ広めなのだが、こいつが一体いるだけで狭くなってしまったような圧迫感がある。

「な、な、な、なんですかこれは⁉」

「セリアが倒したワイバーンを収納して持ち帰ってきたんだ」

「な、なるほど……って、これ倒したのセリアさんなんですか⁉」

「ああ、そんなに驚くことか？」

「そりゃそうですよ！　ワイバーンって魔鳥の中で最も凶暴で強い魔物なんですから！　ワイバーンが出たとなったらBランク以上の冒険者が協力して討伐に向かうものなんです！」

「そ、そんなやばいやつだったのか……」

勇者パーティ時代はこのくらいの魔物は普通に倒していたので、感覚がズレていたらしい。

大したことがないと思っていた勇者パーティだが、世間的に見れば強かったのかもしれないな。

「ワイバーンはかなり貴重な素材が取れますし、買取金額も期待しておいてくださいね！」

希少性が高いことは俺も知っていたつもりだが、改めてそう言ってもらえると期待が高まるな。

「あっ、それでですね、状態の確認をしてからの査定としたいのですが……ちょっとワイバーンが大きすぎて運ぶのも一苦労になりそうでして。アルスさん、ギルドの奥まで運んでもらうことってできますか？」

「ああ、そのくらい構わないよ」

アイテムスロットを使えば移動に大した手間も労力もかからない。

早く移動させたほうが査定もスムーズに終わるだろうし、早く支払われるのはこちらとしても望むところだからな。

俺はアイテムスロットにワイバーンを収納してからギルドの受付から奥に入ったスペースにある査定場所にワイバーンを移動させた。

「では、その間に依頼達成の処理をさせていただきますね。ギルドカードをお預かりします」

「ああ」

「あ、私もですね」

俺とセリアは受付嬢にギルドカードを預けた。

受付嬢は専用の魔道具に俺たちのカードを挿入し、何かの操作をしているようだ。

しばらくするとギルドカードが魔道具から出てきた。

「お待たせしました。こちらお返ししますね」

受付嬢からギルドカードを受け取り、内容を確認する。

依頼達成件数が１に増えていたり、ギルドポイントの欄に３０／１００という数字が打ち込まれている以外には、特に見た目上の変化はなさそうだ。

「今回の依頼はギルドポイント三〇の依頼でしたので、三〇ポイントが付与されているはずです。お確かめください」

「ああ、入ってる。ギルドポイントっていうのは、一〇〇ポイント貯まったら次のランクに上がるっていう認識でいいのか？」

勇者パーティにはランクという概念がなかったため冒険者のランクシステムをあまり気にしたことはなかったのだが、そんな噂を聞いたことがあった。

依頼を達成した分だけポイントが貯まっていき、一定のポイントが貯まるとランクアップするのだと。

「概《おおむ》ねその通りです。規定のポイントが貯まり、かつ、その時点でのランク帯の依頼を一つ以上クリアしていることが条件です」

なるほど、簡単な依頼ばかりをたくさん受けても際限なくランクアップすることはないということだな。

確かにこういった規定がなければ、そのランクに相応しくない冒険者がランクアップしかねない。必要な仕組みなのだろう。

こうして依頼達成の処理が終わったと同時のタイミングで、受付の奥から別のギルド職員が来て書類を置いた。

「あっ、先ほど査定が終わったようです。それでは、ワイバーンの素材買取賃と依頼の達成報酬を合わせてお支払いしますね」

「ああ、結構早いんだな」

支払われた金額は合計で一〇五万ジュエル。

ワイバーンの素材買取金額が一〇〇万ジュエルで、依頼の達成報酬が五万ジュエルという内訳だった。

第四章　精霊

「ワイバーンの報酬、全部私にって……何を言ってるのですか!?」

ギルドを出た後、報酬の分配についてセリアと話し合っていた。

依頼達成の報酬は折半するとして、ワイバーンの報酬は全額セリアが受け取るべきだと言ったところ、このような反応が返ってきたところである。

「今回はセリアが一人で倒したんだから、俺が一部でも受け取るのは変な話だろ？」

「そんなことありませんって！　アルスに戦い方を教えてもらったから倒せたんです！」

「そうだとしても、俺はセリアに受け取ってほしい。もうちょっとこう……武器をなんとかするための資金に充ててくれたら俺も助かるからさ」

「武器ですか？　そこそこいい武器のはずなんですけど……」

セリアは自身が持つ剣を眺めた。

鋼《はがね》色をした普通の剣。手頃な価格でどこかの武器屋から購入したものだろう。

普通が悪いわけではないのだが、『剣聖』が持つ武器としては頼りなく感じてしまう。

今はまだ成長途上だから剣の性能が足りず足を引っ張るという状況にはなっていないが、このペースで強くなり続ければ近いうちに買い換えなければならない。

武器のせいで成長が止まってしまうのは避けたいからな……。

「すぐにその武器じゃ物足りなくなる。そうじゃなくても強い武器を持っておくに越したことはないし、一〇〇万ジュエル全額は使わないにしてもそれだけの予算があれば今よりいい武器が手に入るはずだ」

「な、なるほど……。アルスはそこまで考えて譲ってくれようとしていたのですね！」

セリアはようやく俺の意図を理解してくれたようだった。

「まあ、そんなところだ。もちろん強要はしないんだが、そうしてくれると助かるって感じかな」

「わかりました！　私、このお金で新しい剣を買います！　じゃあ早速武器屋さんに行きましょう！」

ということでセリアの武器を選びにベルガルム村にある武器屋を物色したのだが――

「う〜ん、いまいちだな」

一通り武器屋にある剣は確認したのだが、正直どれも今セリアが使っているものと大差はない。

今よりも強い武器……程度のものならあるにはある。

しかしそんなものを買ったとしてもすぐに物足りなくなってしまうため、もっと性能の高い武器が欲しいのだ。

もちろん一〇〇万ジュエルという予算の限界はあるので際限なくいいものを――とは流石にできないのだが、どうせ新調するのならもう少しいい武器を持たせてやりたかった。

「一旦今日はこのくらいにしますか？」

「そうだな。たまに王都から来る武器商が来たときに見てもいいし、焦らずいいものを探そう」

そんなやりとりをした後、武器屋を出たときだった。

見知らぬ二人組の冒険者たちから興味深い話が聞こえてきた。

「あのドワーフ族のおっさん、三〇〇万ジュエルの依頼断るとかどうかしてるぜ……」

「どうやったら受けてくれるかわかんねーよな」

ドワーフ族というのは、この世界では手先が器用で有名な民族だ。

既製品の剣を探すことしか考えていなかったが、オーダーメイドという手もあるにはある。

一〇〇万ジュエルあればオーダーメイドで剣を作ってもらうことも現実的な考えになり得る。

……とはいえ、三〇〇万ジュエルの依頼でも断る職人では足りないかもしれないが。

俺がこの話に注目したのは、ベルガルム村にドワーフ族の剣の名工がいるという噂を聞いたことがあったからだ。

付与魔法使いという役割から剣についてそれほど注目はしていなかったが、件《くだん》の名工は最強と名高い前勇者パーティの剣士が使った剣をも打ったと言われている。

そのドワーフ族の鍛治師《かじし》についての情報が気になるな……。

「なあ、今話してたドワーフ族のことについてちょっと教えてくれないか？」

俺は、二人組の冒険者たちに話しかけた。

「ん、どこかで見たような顔だな……？　ドワーフ族のことが気になるのか？」

勇者時代の俺をどこかで見かけたことがあるのか、冒険者たちは思い出せそうで思い出せないような不思議な表情をしていた。

「ああ、強い剣が欲しくてな……。さっきそこの武器屋を見てたんだが、どれもピンとこなかったんだ」

「なるほどな。まあ、本当にいい武器となると武器商が来たときに買うか、王都に行くか、特注するかしかないからな。俺たちもそんなことを思って名工と名高いガイルの工房に行ったわけだ」

どうやら、ある程度の実力を持つ冒険者になると考えることは同じになるらしい。

「まあ減るもんでもねえし教えるけどよ、何言っても作ってくれないと思うぞ。俺が認めたやつにしか作らねえ――なんて言ってたからな」

「その認める基準ってのも剣の技術じゃないんだから、もうお手上げだよな」

二人の冒険者は口々に諦めの言葉を口にした。

話を聞く限り、なかなか件の鍛治師は堅物《かたぶつ》な人物のようだ。

要求するものを提供すれば仕事を引き受けてくれるようなビジネスライクな職人だと話は早いのだが、こういったタイプは確かにどうすればいいのか困ってしまう。

「一応これが地図だ。現地まで行けばすぐにわかる」

「ありがとう。助かるよ」

「まあ頑張ってみろ」

こうして、気のいい冒険者から工房の場所を教えてもらうことができた。

「アルス、工房にはいつ行きますか？」

「今日はもうすぐ日が暮れるし、明日のほうがいいだろうな」

昼過ぎに村に帰ってくることができたが、それからなんだかんだで依頼の達成報告や、この武器屋で剣を物色している間に時間が経ってしまった。

一刻を争うわけではないので、明日でも問題ないだろう。

「わかりました！」

「じゃあ、帰りに食堂でご飯を食べて……それから宿に戻るか」

方向性が決まったところで、武器屋の前を離れて俺たちは食堂の方へ向けて進む。

その途中のことだった――

ドンッ！

と音がしたので振り向いた。

「おい、痛《いて》えじゃねえか！」

「す、すみません……」

大柄の冒険者と一二歳くらいの小さな女の子が曲がり角でぶつかってしまったようだった。

どちらが悪いというわけではなく、ちょうど死角だったらしい。

体格差が大きいため、女の子のほうは後方に吹き飛ばされ、尻餅をついていた。

「前ぐらいちゃんと見て歩きやがれ！　ペッ！」

冒険者は唾を吐き捨て、その場を去っていった。

女の子が避《よ》けなかったことに腹を立てているようだが、流石にあれはないだろう。

はぁと嘆息する。

「大丈夫か？　結構大きな音がしたんだが」

「え、ああ……うん、大丈夫。転んだだけだから……」

と言いながら立ち上がるが、擦り傷ができてしまっていた。

患部は青くなっており、痛みを我慢していることが伝わってくる。

幸い骨が折れていることはなさそうだが、治るまで時間がかかってしまうだろう。

見てしまったものは仕方がない。

「ちょっとだけジッとしてろ」

俺は付与魔法《ヒール》で女の子の傷を癒した。

回復魔法と結果はよく似ているが、それとはやや過程の部分が異なる。

回復魔法は自然治癒の速度を加速させるのに対して、俺の付与魔法による治癒は傷を元に戻すという性質を付与する。

そのため回復魔法では傷が残ってしまうこともあるのだが、俺の付与魔法ではそんなことは起こらないのだ。

数秒で治癒が完了し、傷は跡形もなく消えた。

「あ、ありがとう……！　あなたは……？」

「どういたしまして。名乗るほどの者じゃないよ、ただの通りすがりの冒険者だ」

「ぼ、冒険者にもいい人いるんだ……！」

どうやら、この口ぶりだと冒険者は良く思われていなかったようだ。

冒険者にも色々な人間がいると知ってもらえたのはよかった。

「じゃあ、気をつけて帰れよ」

俺はそう言い残し、その場を後にした。

「アルス、かっこよかったです！」

「そうか？」

「はい、やっぱりアルスはアルスですね！」

なぜか、あの女の子を助けたことでセリアの俺を見る目がさらに輝くものになった気がする。

いつも通りにしているだけなのに、なぜこうなるのかよくわからないのだが……。

◇

勇者パーティが、アルスを追い出してから二日目。

頑なに『気のせい』だと信じ込んでいた一行だったが、たったの二日でその自信にも陰りが見られるようになった——

「や、やっぱりアルスを追い出したのが間違いだったのよ！」

回復術師として勇者パーティに所属する女勇者――クレイナ・アルテミスは、愚痴を吐露《とろ》した。

今日も朝から狩場に出かけており、経験値を貯めるため勇者パーティはいつも通り戦闘を繰り広げていた。

一夜が過ぎても状況が好転することはなく、昨日と同様に苦しい戦いになってしまっている。

クレイナは回復術師という役割からアルスがパーティを去ってからの変化を機敏に感じていた。

回復術師は、戦闘中や戦闘後に傷ついてしまった仲間の傷を癒し、生命力を回復させることが主な仕事である。

それゆえに、明らかに異常な生命力の減り方には昨日のうちから危機感を覚えていた。

もちろんクレイナもアルスをパーティから追い出すことに賛成していたし、アルスを追い出した影響で強力な強化魔法を失い、味方が弱くなることはある程度覚悟していた。

しかし、あまりにも、あまりにも弱くなりすぎてしまった。

それだけではない。

以前にも遭遇し、倒したことがあるはずの魔物なのに、アルスがパーティにいた頃よりも明らかに攻撃力、防御力ともに高くなっているように感じるのだ。

「ポーションの強化魔法が劣ることはわかっていたわ。……でも、それだけじゃ説明できないほどにダメージが大きすぎるのよ！　これじゃあ回復が間に合わないわ！」

「も、もしかしてだが……アルスは俺たちを強化するだけじゃなく、魔物を弱体化することもできたんじゃないか……？」

「でもそんなこと一言も言ってなかったぞ!?」

「昨日の朝、追い出したときに何か言いそうになってナルドが黙らせたよな？　もしかするとだが、アルスはあのとき、これを伝えようとして……」

パーティリーダーのナルドが黙っている中、どんどんアルスの実力が再評価されていく。

「こんなことなら、ナルドに唆《そそのか》されてアルスを追い出さなきゃよか――」

クレイナからこの言葉が出そうになった瞬間、ナルドが我慢の限界を迎えた。

ナルドはクレイナの胸ぐらを掴み――

「うるせえ！　俺のやり方に何か不満があるってのか!?　つーか、全員で決めたことだろーが！　今さら俺を悪者にしてんじゃねーぞ！」

至近距離から怒号を浴びせたのだった。

「……っ！」

ナルドは身長一八〇センチの巨漢。

その上、勇者パーティを仕切ってきた人物なのだ。

その迫力は強い攻撃手段を持たないクレイナにとって恐れるに十分だった。

「……ご、ごめんなさい」

「つたく」

クレイナが萎縮《いしゅく》し、謝罪の言葉を発したことでナルドの溜飲《りゅういん》は下がった。

ナルドが胸ぐらを掴んでいた手を離すと、クレイナは脱力してその場にへたり込んだ。

しかし、ナルドも他の勇者たちと一緒に最前線で戦っている。

アルスが抜けてから明らかにパーティが弱体化していることは肌で感じているし、このままにしておくつもりはなかった。

「まあ、よく考えればアルスも一緒に冒険してきた仲間だからよ……。俺もちょっとばかり寂しくなってきちまったぜ。あいつが戻りたいって言うなら、俺は受け入れてやろうと思うんだが、お前らはどう思う？」

「さ、賛成っす！」

「俺もあいつが戻ってきたいって言うならいいと思います！」

「じゃあ、次あいつを見かけたときにいっちょ声をかけてやるとするか」

ナルドは勇者パーティのリーダーであり、アルスはかつての部下である。

本当は今すぐにでもアルスを取り戻したいという思いはあるのだが、ナルドの中ではプライドが邪魔をしていた。

ここで頭を下げれば、仮にアルスが戻ってきたとしても力関係が崩れてしまう。

場合によってはアルスにパーティリーダーの地位を取られてしまうリスクもあるだろう。

パーティが弱いままも困るが、パーティ内での地位が脅かされるのも非常に困る。

そのような考えから、この姿勢を崩せずにいたのだった。

◇

翌日。

昨日会った冒険者に書いてもらった簡易な地図を頼りにガイルの工房を探していた。

「この辺なんだよな」

ベルガルム村の南東。

ギルド周辺や商業地区などと比較すると、人も建物も少ない。

ぽつぽつと建物が点在している中から、目的地の工房を探した。

「あれじゃないですか？　石にガイル工房って彫ってあります！」

セリアが指差す方向には、小さな趣《おもむき》のある古屋がポツンと建っていた。

石の看板があり、そこにガイル工房と彫ってあった。

「あそこで間違いなさそうだな」

俺たちは工房の扉の前に立ち、扉を叩いた。

すると物音が鳴り、しばらくすると扉が開いた。

出てきたのは、背の低い髭面《ひげづら》の爺さんだった。

俺が知るドワーフ族の男性の特徴に一致する。

この人が工房の主——ガイルで間違いなさそうだ。

「いきなり訪ねてすまない。剣の名工がここにいると聞いて来たんだ」

「ふむ……またワシ目当てか」

ガイルがうんざりした様子で溜め息をついた。

俺の他にも似たようなことを言ってくる冒険者が多数いるのだろう。

「ああ、強い剣を作ってほしくてな」

「ふん、お前がワシの剣を使うに相応しいと？」

なるほど。ガイルの工房のことを話してくれた冒険者が言っていた通り、職人気質《かたぎ》な爺さんのようだ。

持ち主を選ぶというわけか。

「いや、俺の剣を作ってほしいというわけではない。ここにいるセリアのために作ってほしいんだ」

そう言って、俺はセリアを紹介した。

「わ、私がセリアです」

「ぬ？　お前じゃないのか。まあ、相応しい者が使うのならワシは誰でもいいんじゃが」

そう言いながら、ガイルはセリアを値踏みするように眺めた。

そして——

「ふむ、だめじゃな」

ガイルは端的にそう答えた。

「理由を教えてもらってもいいか？　こう見えて、セリアはユニークジョブと呼ばれる『剣聖』の持ち主だ。ポテンシャルは十分に秘めていると思うが……」

「ポテンシャルを秘めているからなんだというのだ。ワシの剣はそう安売りするものではない。ポテンシャルがあるというなら実力がついてからまた来ればいいじゃろう！　ワシは半端な冒険者に剣を打つ気などない！」

ガイルは腕を組み、険しい表情をした。

どうやら、今のセリアの実力が見合っていないと言いたいらしい。

「……まあ、それなら仕方ないな。無理を言って悪かった」

もともと名工ガイルがそう簡単に剣を一本打ってくれるとは思っていなかった。

顔を覚えてもらい、しっかりと実力をつけてからトライしても遅くはないだろう。

欲を言えば、今のセリアにはややオーバースペックな武器を持たせて成長速度を引き上げたかったが……。

「私、頑張りますから！　剣に負けないような実力を身につけて、いつか剣を打ってもらいますから！」

セリアもまだ自分の実力が足りていないことは十分自覚している。

この感じなら、近いうちになんとかなるだろう。

「ふむ、おぬしは断られたからといって金で買い叩こうとしないのじゃな……」

そんな俺たち二人を見て、ガイルは興味深そうな顔をしていた。

「金で叩いて打ってくれるような人ではないだろうと思ってるからな。それに、何より金で買い叩けるほどの大金を持ち合わせていない」

「なるほどの。まあ結論は変わらん。出直してくるのじゃ」

「ああ。時間を取らせて失礼したな」

そう言って、俺たちは一礼した。

剣を打ってもらうことは諦め、ガイルの工房を離れようとしたそのときだった。

「あ～！　またお爺ちゃん、冒険者の人を追い返してる～！」

一二歳くらいの見知らぬ女の子──ではなかった。

一度だけ会ったことがある。

昨日、俺たちが宿へ帰る途中に冒険者と衝突して怪我をしてしまった女の子だ。

俺がすぐに治療したおかげで、何事もなく元気に歩けているようでよかった。

女の子のほうも俺たちのことを覚えていたらしく、目が合うと俺たちを思い出したようだった。

「ああ～！　昨日の冒険者の人！　昨日は本当にありがとう～！　おかげで全然痛くないよ！」

「そうか、それは良かった」

俺たちがそんなやりとりをしていると──

「シャロットや、この二人とは知り合いだったのかの……？」

「知り合いといえば知り合い……？　昨日、怪我をしたところを助けてもらったの～！」

「ふむ、そうじゃったのか。シャロットが世話になったようじゃの」

「いえいえ、べつに大したことは……」

一瞬で付与魔法をかけて治癒しただけなので、本当に大したことはしていないのだ。

同じことをやれと言われれば今すぐこの場でできるだろう。

「ううん、すごかったよ～！　助けてくれなかったら今日も絶対痛かった！」

「ふむふむ、そうじゃったか。……おぬしら、まあ上がっていかんか。剣のことも前向きに検討しよう」

「え？　それはありがたいが……」

どうして急に風向きが変わったんだ？

どうやらこのシャロットという子が何か関係ありそうな気配がするが……。

ガイルに連れられ、建物の中へ。

入り口から入ってすぐは工房スペースになっており、奥には住居スペースがあった。

工房には煙突に繋がっている大きな溶鉱炉《ようこうろ》があり、その近くにはハンマーなどの工具が無造作に置かれていた。

その横を通り、奥の住居スペースへ。

「まあ楽にするのじゃ」

ガイルにそう言われたので、俺たちは部屋にある椅子に座り、テーブルを挟んでガイルと向かい合う形になった。

「お茶をどうぞ」

「ありがとう」

「ありがとうございます！」

数分後、シャロットがお茶を用意してくれた。

小さいのに、なかなかよくできた子だなと感心する。

シャロットがガイルの隣に座ると、ガイルが口を開いた。

「ワシの孫の怪我を治してくれたんじゃとな。その節は本当に感謝しているのじゃ」

「いえいえ」

「どうやら、おぬしらは悪い人間ではなさそうじゃ。……ふむ、これならワシが剣を打っても良さそうじゃ」

「ほ、本当か……!?」

まさかこんな展開になるとは予想できなかったが、それなら本当にありがたい。

「ガイルお爺ちゃんは曲がった人間に剣を使わせたくないんだよ～。半端な冒険者はすぐに悪さに使うから作らないんだよね？」

「うむ、まさしくその通りじゃ」

「お兄ちゃんたちは悪さしない、大丈夫、優しい人。私が保証する～！」

シャロットは親指を立ててガイルを説得してくれた。

どうやら、シャロットを助けたことで、いつの間にか俺たちが悪い冒険者じゃないことの証明ができていたらしい。

「しかしじゃ、そうは言っても力が足りていなければ悪さをする冒険者に剣を取られてしまうやもしれぬ」

「それは、そうだな……」

名工ガイルが打った剣というブランドは隠したとしても、その性能をも隠すことはできない。

剣に限らないが、性能のいい装備はタチの悪い不良冒険者や盗賊に狙われ、場合によっては奪われることも少なくないのだ。

「そこでワシはあることを思いついたのじゃ。この条件を呑むことができるのなら、ワシは剣を打とう」

「条件？」

「なに、簡単なことじゃ。おぬし……えーと、名前なんじゃったかの」

そういえば、まだ名前を名乗ってなかったな……。

特段隠すつもりがあったわけではないので、俺は名前を名乗ることにした。

「アルス・フォルレーゼだ」

「アルスというのか。それでじゃ、アルス。おぬしはなかなか剣の腕が立つように見えたが、違うかの？」

「それほど得意だとは思っていないが……」

俺がそう答えると、ガイルは愉快そうに笑った。

「フハハ！　剣の達人は皆そう言うのじゃ。どうやらワシの目に狂いはなかったようじゃの」

「いや、本当に大したことないぞ？　今の時点なら確かにセリアより強いと思うが、ポテンシャルは明らかにセリアが上だ。いずれ追い抜かされるだろうし、追い抜かしてくれることを願ってる」

「そう、そこがポイントなのじゃ！」

ガイルは、ビシッと俺に人差し指を向けた。

何がポイントなんだ……？

「アルス、おぬしが横のお嬢ちゃん……セリアを鍛え抜くというのが条件じゃ。おぬしと同程度以上にな」

「な、なるほど……」

条件と言われたのでどんな無理難題を求められるのかと思いきや、大したことではなかった。

いや、十分に時間がかかるし難しいことではあるのだが――

「元々そうしようと思っていたからな。なんの問題もないよ」

俺は即答した。

セリアにはセンスがあるし、近いうちに剣の腕では俺を超えてくれるはずだ。

「これで一つ目の条件はクリアじゃな」

「まだあるのか……？」

「ワシは条件が一つとは一言も言っておらん。二つ目の条件——それはじゃな……」

ごくり。

俺は固唾をのんだ。

「おぬしもワシが打った剣を使うのじゃ」

「え……？」

「何かおかしいことを言ったかの？」

「い、いやおかしなことは言っていないが……どういうことだ？」

セリアとは別に、俺用にもう一本剣を打つということはわかる。

しかし、なんのためにそんなことをするんだ？　一本でいいものを二本用意する理由がさっぱりわからない。

「アルス、おぬしにはビビッときたのじゃ。ワシが今まで見た中で最も優れた剣士だと思っておる」

「俺は付与魔術師だぞ……？」

「そんなもん関係ないわい。清らかで強い剣士にワシの剣を使ってもらえれば本望なのじゃ」

なぜか過大評価してくれているようだが、俺は攻撃をする際に剣だけを使うわけではない。

剣士と言われるとやや違うような感覚があるのだが、ガイルは特に気にしていないようだ。

もちろん、俺としても伝説の名工に剣を打ってもらえるというのなら本当にありがたい。

願ったり叶ったりだ。

「俺としてはまったく断る理由がない。もちろん約束しよう。ただ、二本打ってもらうのだとして予算がな……」

俺たちの手持ち――というか、正確にはセリアの所持金は一〇〇万ジュエルしかない。

「予算はどのくらいで考えてたのじゃ？」

「予算というか、手持ちは一〇〇万ジュエルだ。足りないようなら稼ごうと思ってたんだが、二本となると流石に時間がかかりそうだ」

「なんじゃ、そんなに用意しておったのか」

ガイルは嘆息する。

そんなに……とはどういうことだろう。

「ワシは金のために剣を打っているわけではないのじゃ。もちろん生活するため、工房を維持するために金は要るんじゃが、それだけあれば大丈夫じゃ。ワシに任せておけ」

「え、これでいいのか……？」

名工ガイルの剣を二本。

それがたった一〇〇万ジュエルとは……少しばかりサービスしすぎではないだろうか……。

「しかし……そうじゃな。最強の剣を作るとなれば、最強の素材が欲しいところじゃな。おぬしら、金がないのなら素材を自分で採ってくる気はあるかの？」

「最強の素材か……。必要なら手に入れたいが、どこに行けば採れるものなんだ？」

移動だけでも何十日とかかるような離れた場所となれば、それだけ武器のできあがりも遅くなってしまう。

名工ガイルの最高の武器が手に入るのであれば時間をかける価値はあるのだが、場合によっては生活費を稼ぐために並行してギルドからの依頼もこなす必要があるかもしれない。

「場所はここからそう遠くないんじゃ。ベルガルム森林の奥地——通称『精霊の森』と呼ばれる場所なのじゃ」

『精霊の森』……行ったことはないが、噂では聞いたことがある。

ベルガルム村を出て南西に下った場所に位置するベルガルム森林。

そこにある少し変わった一角だ。

魔物が強いわりには経験値効率が悪いために勇者パーティ時代は寄りつかなかった。

経験値は魔物の個体の強さに概ね比例することが知られているが、魔物の強さのわりに経験値量が少ないことには理由がある。

この地には精霊——火・水・地・風・聖・闇の六大属性を統《す》べる精霊が住んでおり、その精霊の魔力に当てられて強化されていると言われているのだ。

精霊の持つ魔力と魔物が持つ魔力は性質が違い、魔物が精霊の魔力を吸収することはできない。

その個体独自の恒久的なものでなければ個体の強さとしては成立しないため、強さに比例した経験値を得ることができないのだ。

「なるほど……それで、何を採ってくればいいんだ？」

「一キロ以上の精霊石じゃ」

「せ、精霊石……！」

精霊石というのは、精霊魔力の塊である。

魔物は精霊の魔力を取り込むが、吸収することはできない。

吸収されずに残った精霊魔力は体内に堆積《たいせき》し、やがて手のひらサイズの石になってしまう。

こうしてできた精霊魔力の塊――それが精霊石だ。

どの魔物も少なからず精霊石を堆積しているはずだが、一キロの精霊石はなかなか採れない。

精霊石に宿る魔力量の多さ――すなわち堆積した精霊魔力の量により重さが決まる。

普通は一〇〇グラムほどのものしか採れないということを考えると、大型の強力な魔物を倒さざるを得ないようだ。

しかもそれを二個ともなれば、かなり大変な素材集めになる。

稀《まれ》に強力な魔物が自然に死んだ後、奇跡的にその場に残った精霊石が冒険者に拾われ、高値で売られることがある。

しかし、そんな貴重鉱石を買えるほど財布に余裕はない。

自分で集めるしかないのだが、まったくプランが思いつかなかった。

とはいえ、剣を打ってもらうためにはどうにかして手に入れるほかない。

返事は二つに一つしかなかった。

「わかった……。なんとかしよう」

「流石はワシが見込んだ男じゃ！　健闘を祈るぞ」

これにて一旦話はまとまり、俺とセリアはガイルの工房を後にした。

なかなかとんでもないことになってしまったな……。

どの程度の強さの魔物を倒せば一キロ以上の精霊石を手に入れることができるのかすら想像もつかないが、まずは行って確かめてみるほかない。

「セリア、早速行こうと思うんだが、準備はいいな？」

「はい、いつでも大丈夫です」

「よし、じゃあこのまま村を出て森を目指すぞ」

俺たちは工房を出たその足で精霊の森へと向かったのだった。

◇

一時間ほどかけて精霊の森に到着した。

精霊の森の名に相応しい幻想的な光景が広がるこの狩場では、大型から小型の魔物まで幅広く生息している。

——ザンッ！　ザンッ！　ザンッ！

ひとまずセリアが適当に魔物を狩り、俺が精霊石を回収するというスタイルで一〇分ほど続けてみたのだが――

「どうですか？」

「ダメだな」

この間に採れた精霊石は二〇個ほど。

俺は魔物から採れた精霊石の中で最も重いものを手のひらにのせてセリアに見せる。

「一番重いものでも一〇〇グラムくらい。目的のものとはほど遠いな」

膨大な量の精霊魔力を溜め込む魔物となると、強力な魔物に限られる。

やはりその辺をうろついているような雑魚では入手できないようだ。

どの程度の強さの魔物を倒せば一キロ以上の精霊石が採れるのか基準がわからなかったのでとりあえず倒してみたのだが、強い魔物を倒すことよりも、強い魔物を探すほうが難易度は高そうだ。

精霊の森は半径約一〇キロほど。

この範囲に生息する魔物で強い魔物となると、存在するのかどうかすら怪しい。

「どうするかな……」

俺は、頭を抱えた。

「強い魔物が向こうから来てくれるといいんですけどね。……あっ、それもちょっと困りますけど」

「そうだな。……いや、その手があるか」

なにも、必ずこちらから無理に探し出す必要はないのだ。

魔物は大気中に存在する魔素を喰らって生きる個体、魔素を吸収した草を喰らって生きる個体、魔物を喰らって生きる個体の三種類がある。

基本的には魔物を喰らう肉食の魔物のほうが強い傾向にあるので、強い魔物が食べたがりそうな絶妙な量の魔力を餌として発散し、引き寄せればいい。

「少し危ないが、やってみるか。回りを見張っててくれ」

俺はセリアにそう伝えた後、早速作戦に取りかかった。

「わ、わかりました！　何をするつもりなのですか……？」

「ちょっと魔物を集めるだけだよ」

さっき一番強かった魔物で約一〇〇グラムの魔石……ということは、発散する魔力はかなり大きいものにしないとな。

実は俺が発散する魔力量は、意識的にかなりセーブしている。

人間にせよ、魔物にせよ、魔力を持つ者は皆少なからず魔力を発散しており、自然発散量は最大魔力量が多くなるほどに大きくなる。

しかし、人間のように知能が高い動物なら上手く体内に流れる魔力をコントロールし、発散する魔力量を抑えることができるのだ。

魔力の発散を抑えることのメリットは、貯めておくことにより濃縮され、最大魔力量よりも多くの魔力を保有することができること。

不測の事態に備えて、多くの魔力を持っておけるに越したことはないのでそうしていた。

魔力を堰《せ》き止めていた俺だが、これを一時的にやめることで本来の魔力量を魔物が感知できるようになるし、なんなら意識的に放出することで強い個体であると偽装することもできる。

「まあ、こんなもんかな」

魔力の堰き止めを中止した瞬間、精霊の森の様子がガラリと変わった。

潮が引くように弱い魔物は俺の周りから消え去り、一帯は静寂に包まれた。

「な、なんだか様子が……」

敏感に変化を感じ取ったセリアがそう言ってから数十秒。

ガサガサガサ……。

「……えっ!?」

「静かに。一体大きいのが来てる」

「は、はい……」

静かに答え、黙って様子を見守るセリア。

俺は、狙い通りの強力な魔物が来ていることを確信していた。

ガサガサと茂みを揺らしながら近付いてくる魔物の影は、なかなか大きい。

そしてその数秒後――

ガウルルルル……！

「で、出てきました……っ！」

「思ってたよりもでかいな……。まあ、このくらいの魔物なら目当ての精霊石も手に入りそうでよかった」

唸り声を上げながら出てきたのは、ベヒーモス。

カバやサイと似た見た目をしているが、俺を一〇人集めても足らないくらいの体積。見間違えることはあり得ない。

村の外にはエリアごとに『エリアボス』と呼ばれる強力な魔物が潜んでいると言われている。

このベヒーモスが間違いなくそのエリアボスなのだろう。

俺がいない勇者パーティなら遭遇した時点で壊滅してしまうほどの強力な魔物。

とはいえ勝算はあるし、倒して精霊石を持ち帰るつもりだ。

ただし、油断はしないようにしないとな。

命を懸けた戦いだというのに、ほんの少しの隙で窮地に追い込まれる展開を神話などで読んだことがある。

俺は絶対にそんなバカげた展開にはしない――

「セリア、様子を見つつ背後を狙ってくれ！　そして、俺が合図をしたらすぐに右に避けてくれ。できるな？」

「わ、わかりました！」

セリアの返事を聞いてすぐに、俺はベヒーモスが攻撃しやすい位置へと移動する。

ガウルルル……！

巨体だというのに電光石火の如く俊敏な動きで俺を目掛けて突進してくる。

大きな角は、ただ大きいだけじゃなく鋭い。少しでも当たれば致命傷になってしまうだろう。

正確にベヒーモスの攻撃を見切り、最小限の動きで攻撃を避ける。

俺の動きに合わせて方向転換をする間の一秒にも満たない時間、ベヒーモスが減速する。その間隙を縫うようにセリアが剣で強力な一撃を与えた。

グギャアアアァァァァ――!!

背後からのクリティカルショットには、流石のベヒーモスも大きなダメージを負ったらしい。

「ナイスタイミングだ、セリア」

「は、はい！」

そして俺の狙い通り、ベヒーモスは強力な一撃を与えてきたセリアに標的を変えた。

ベヒーモスが後ろを振り向いた瞬間――

「今だ！」

俺が合図を出すと同時に、セリアは俺がさっき出した指示に従って右に跳ぶ。

セリアとの連係プレーのおかげで、俺は今ちょうどベヒーモスの背後を綺麗に取れているという状況。

これを活かさない手はない。

……というよりも、当初からこれが狙いだったのだ。

付与魔法を使い、攻撃魔法の準備を始める。

ベヒーモスがセリアに向かって突進を始めるまであと一秒ほどはかかる。

これだけの時間があれば余裕だ。

俺は最大限の魔力を消費し、地属性のベヒーモスに対して有利な風属性魔法——『風殺の弓矢《ウインド・アロー》』を放った。

緑色に輝く風属性の魔力矢がベヒーモスを目掛けて飛んでいき、わずか〇・一秒にも満たない時間で着弾。

ドゴオオオオオンンンッッッ！！

と轟音が響くと同時に、まるで砂嵐のような猛烈な砂埃《すなぼこり》が舞い上がる。

セリアと俺の周りには付与魔法で急遽防壁を展開したので俺たちに被害はないが、この砂嵐だけでも大きなダメージになるだろう。

少し時間が経ち、視界が開けてきた。

するとそこには、絶命したベヒーモスが倒れていたのだった。

「アルス、すごいです……！」

「俺一人じゃここまで安全かつ最速では倒せなかったよ。セリアのアシストのおかげだ」

「そ、そんな！　私、アルスが言っていたことをしただけなので……」

「それができない人間もいるから、それだってすごいことだと俺は思うぞ」

「そ、そうなのですか……？」

セリアはピンとこないような顔をしているが、勇者パーティの面々はできなかった。

俺が合理的なアドバイスをしても取り入れられることはなく、反発するのみだった。

もちろん俺が必ず正解だけを言っているとは思っていないが、もう少し聞く耳を持ってくれてもよかったと思う。

セリアのように素直にきちんと動いてくれるのは俺にとって新鮮なことだったのだ。

「さて、このクラスの魔物となるとかなり大きい精霊石が……ん？」

俺はナイフでベヒーモスを捌き、精霊石を取り出そうとしていたのだが――

「ひ、人でしょうか……？　小さい女の子……と言っても、本当に小さいですが……」

ベヒーモスの腹から出てきたのは、精霊石ではなく眠ったままの小さな女の子だった。

一般的な人間のサイズとは大きく離れており、手のひらサイズほどしかない。

見た目は一三歳くらいの童顔。

目鼻立ちからして美人系というよりは可愛い系という印象だ。

サラサラの長い青髪も相まって、まさにお人形さんのような女の子――という表現が相応しい。

女の子を眺めながら、正体を想像する。

「多分だが……こいつはこの地に住む精霊だと思う」

「せ、精霊さんですか!?」

セリアが素《す》っ頓狂《とんきょう》な声を上げた。

「ああ。誰も精霊の姿を見たことがないと言われているから断定はできないが……この魔力の大きさは精霊でもなければ説明がつかない気がする」

女の子から感じ取れる魔力はさっきのベヒーモスよりも桁違いに大きい。

なぜベヒーモスの体内に入っていたのかは謎だが、こんな存在は精霊でもなければ説明がつかないのだ。

「あ、目が覚めたみたいです！」

俺たちの会話によるものなのか、はたまた日差しを受けてなのかわからないが、精霊と思《おぼ》しき女の子が目を開けた。

その瞳は、イエロートパーズのように綺麗な黄色をしていた。

「ふぁ〜。よく寝た〜！」

勢いよく伸びをする女の子。

可愛い素振りで左右を見渡し、俺たちがいることにすぐに気付いたようだった。

「あなたたちだあれ？」

俺たちのほうこそこいつの存在が気になるのだが、まあ確かに目覚めてすぐに変なやつがいたら強力な精霊だとしてもこんな反応になってしまうのも無理はない。

最低限、敵意がないことは証明しておくとしよう。

「俺はアルス・フォルレーゼ。隣にいるのはパーティメンバーのセリア・ランジュエット。ここには精霊石が欲しくて来ただけで、君に危害を与えるつもりはないから安心してくれ」

「なるほど、そうなんだね！　私、精霊のシルフィだよ〜！　よろしくね！」

「ん、ああ……」

この精霊——シルフィは出会って間もない俺が言うことを全面的に信じているようだった。

もしかするとだが、見た目だけじゃなく中身も幼いのかもしれない。

俺は嘘を言っていないが、悪意のある冒険者に騙されなきゃいいが……。

この一瞬でする必要もない精霊の心配をしていると、シルフィは両手を使ってお椀のような形を作って目を瞑った。

シルフィの両手が輝き、幾何学模様が出現する。

そしてその模様がどんどん伸びていき、複雑に絡んでいった。

やがてそれは立体を形作り、透き通る石のような見た目になった。

「これ、あげる！」

「え、ああ……ありがとうって……重っ！」

シルフィから渡された石を右手で受け取った俺は、あまりの重量に危うく落としかけてしまう。

約一〇キロはありそうな手のひらサイズの石は、ついさっき見たものと同じものだった。

「こ、これって精霊石か……!?」

「そうだよ～！　欲しいんだよね？　あげる！」

「……っ!?」

そ、そんな軽いノリでこれほど貴重な精霊石をもらってしまっていいのだろうか……？

確かに俺が求めていたものではあるのだが、こんな形で手に入るとは思っていなかった。

それに、一キロの精霊石でもめちゃくちゃ貴重なものだというのに、これはその約一〇倍の重さがある精霊石。

もはや貴重というレベルを超えて値付け不可能なアイテムである。

「くれるのはありがたいが……本当にいいのか？　めちゃくちゃ貴重なものなんだぞ？」

「う〜ん、でもこんなのいくらでも作れるし？」

「そ、そうか……」

何を言っていいのか、続ける言葉が出てこない。

本来、精霊石というのは強力な精霊の魔力を吸収できずに残ったものが堆積してできあがるもの。

確かに精霊自身が自分の魔力を凝縮するのなら一切の無駄がないから、この程度の精霊石はなんの苦労もなく作れてしまうのかもしれない。

かといって紛《まが》い物というわけでもなく、むしろこちらが本物。

とはいえ、流石にこれをただ受け取るというのも気が引ける。

「シルフィはわかっていないみたいだが、これはめちゃくちゃ貴重なものなんだ。それをくれるというのなら、何か俺たちにできるお礼がしたい」

「そ、そうですね！　私たちにできることなら……」

俺たちがそう言っても、シルフィはピンときていないようだった。

「う～ん、お礼かぁ。私がしてほしいこと……なんだろう？」

しかしその直後、シルフィは何かを思いついたようで手をポンと叩いた。

「あっ！　じゃあ旅したいな～！　ずっと寝てるだけで退屈だったの～！　連れて行ってほしいな～！」

「確かに俺たちは冒険者だし、各地を巡ることにはなると思うが……そんなことでいいのか？というより、精霊ってのはこの地から離れられるのか？」

「うん、ここにいても退屈だから連れて行ってほしいの！　ここを離れるのは多分大丈夫だよ～！」

シルフィ自身が言っているのなら、大丈夫なのだろう。

あとは冒険にこの精霊を連れて行くかどうかなのだが――

俺は、セリアと顔を見合わせる。

「私はシルフィちゃんがそう言うなら構わないと思います！　強引に連れ去るわけではないですし」

「まあ、それもそうだよな」

シルフィ自身が望んでおり、俺たちに受け入れる覚悟がある状態で断る理由もない。

それに、放っておいて変な冒険者に騙されるようなことがないとも限らない。

「わかった、シルフィもついて来てくれ。俺たちについて来れば、色々なところを見られると思うぞ」

「やった〜！　ありがと〜！」

シルフィはまるで子供のように飛び跳ねて喜んでくれた。

◇

精霊の森からの帰り道——

「パパ、精霊石あげる」

「あ、ありがとう……助かるよ」

精霊というだけあって、シルフィは羽を使って空を飛ぶこともできる。

空中で精霊石を生産してすぐに渡してくれたので、俺はありがたく受け取った。

実は精霊石が二つ必要であることを相談すると、シルフィはすぐに二つ目の精霊石を作ってくれたのだ。

精霊からすると、精霊石を作ること自体にはなんの手間も負荷もかからないようだ。

ただ、一つ気になることがあった。

「ところで精霊石はありがたいんだが……パパ呼びってのはどうなんだ？」

「パパはパパって呼ばれたくないの？」

純朴《じゅんぼく》なシルフィは何が良くないのかわからないとでも言いたげな顔をしていた。

「呼ばれたくないとは言わないが、シルフィは俺の子供じゃないだろ？」

かしい感覚がある。

「シルフィはパパの娘じゃないの……？」

「少なくともさっきベヒーモスの腹から出てきたよな……」

必ずしも生物学上の親が父親になるとは限らないというのがこの世界ではあるが、俺とシルフィはさっき出会ったばかり。パパと呼ばれると違和感を覚えてしまうし、なんとなく気恥ずかしい感覚がある。

「ママもママって言われるの嫌なの？」

今度はセリアのほうへ聞きに行ったようだ。

シルフィは、俺のことをパパと呼ぶだけでなくセリアのことをママと呼んでいる。

これだとまるで俺とセリアが夫婦のように見えてしまうのが問題だ。

しかしそう思っているのは俺だけだったようで――

「私は全然嫌じゃないですよ！　むしろアルスがパパで私がママならすごく嬉しいです！」

そういえば、セリアはかつての俺――勇者アルスとの結婚を望んでいると言っていた。

どうやら俺と出会って数日が経ってもそれは変わっていないらしい。

「ママは嬉しいって～！　なんでパパは嫌なの？」

「う～んとだな……なんとなく、かな」

俺がそう答えると、シルフィはしょぼんとしてしまった。

まあ、俺もパパと呼ばれるのが特別嫌というわけではない。

少しの気恥ずかしさがある以外には、主にセリアと夫婦であると誤解されることでセリアが何か思わないかということだけを気にしていた。

セリアが嬉しいと言うのなら、俺としては嫌がる理由もない。

「まあ、セリアがママ呼びでいいなら俺も別に構わないが……」

「そうなの!?　やったー、パパありがと〜！」

まあ、こんなことで喜んでくれるならよかったと思っておくとしよう。

◇

ベルガルム村に帰還し、冒険者ギルドの前を通ってガイルの工房に向かっているときだった。

「おっ、アルスじゃねえか！　久しぶりだなオイ」

勇者パーティのリーダーであるナルドに声をかけられた。

冒険者ギルドの前に、つい最近俺を追い出した勇者パーティの面々が勢揃いしていた。

何か手続きをした帰りというわけでも、これから向かうというわけでもなさそうなので、偶然ここにいたというわけではなさそうだ。

だとすると、俺を捜していたというわけか。

俺が勇者パーティを離れて三日目。

そろそろ泣きついてくるかもしれないとは思っていたが、思ったよりも早かったな。

「なんの用だ？」

「おいおい、そんなよそよそしい態度じゃなくてもいいだろ？　仲間なんだからよ！」

あんな追い出し方をしておいて、よくも白々しくそんなことが言えるもんだな……。

反吐《へど》が出る。

「アルス、お前がパーティを去っちまってからみんな色々と思うことがあったみたいでよォ。もしお前がどうしても勇者パーティに帰ってきたいっていうなら迎えてやってもいいんじゃねって話になってんだよな」

はぁ、と俺は嘆息する。

連れ戻しに来たというのに、あくまでも上から目線なんだな。

ある意味、こいつらしくはあるが……。

「そうか、だが俺は戻りたいとは思ってない」

「おいおい、そんなつれないこと言うなよ？　お前も実は寂しくなっちまったんじゃねえの？」

「あいにく俺には仲間ができたからな。寂しく感じたことは一度もないが？」

そう言ってセリアを見ると、にこりと笑った。

「おいアルス、勘違いしてんじゃねえぞ？　代わりの付与魔法師なんざ誰でもいいんだ！　お前じゃなくてもな！　せっかく戻ってきてもいいって言ってやってるのに舐め腐った態度とってると後悔することになるからな！」

「ん、付与魔法が欲しいのか？」

付与魔術師は経験値を無駄に分配するだけの不要な存在だと言って追放されたような覚えがあるのだが、ついに必要だと感じたということだろうか。

「俺たちの火力がありゃあ一人お荷物がいようがいまいが大した違いがないことに気が付いただけだ！　お前が戻ってこないと言うなら代わりの付与魔法師を入れる！　この機会を逃すともう二度と勇者パーティには戻れないぞ？　さあどうする？」

俺がいなくなったことでよほどあの後困ったんだろうな。

しかし連れ戻しの文句でこれ以上に魅力がない言葉もあるだろうか……。

「そうか、なら別の誰かを誘ってくれ。俺はこの前も言ったはずだが、戻るつもりはない。俺の代わりがいくらでもいるならそいつでいいじゃないか」

「……本当にいいんだな？　後悔しても知らねえぞ！」

「ああ、後悔するのは俺なのかそっちなのか知らないが、どうでもいいぞ」

「チッ」

ナルドは舌打ちし、勇者パーティの面々を連れて俺のもとを離れた。

「不義理をするようなやつは勇者パーティにはいらねえ！　お前は未来永劫勇者パーティに入れてやらねえからな！　謝ってももう遅いぜ！」

――そんな捨て台詞を残して。

どこの誰を採用するつもりなのかは知らないが、役に立つような人材に出会えるのだろうか。

役に立つ付与魔法師がいればもう俺にわざわざ声をかけることはないだろうし、二度と会わなくて済む。

俺としてもそちらを望んでいるのだが……。

まあ、無理だろうな……。

「アルス、勇者パーティの方たちはアルスを連れ戻そうとしていたのですか？」

「そうみたいだな」

「なるほど、そうなのですか……。あまりアルスの古巣を悪く言うつもりはないのですが、大変でしたね」

「まあな……」

セリアも呆れてしまったらしい。

おそらく本音では、俺を追い出したことで困り果ててしまったため、戻ってきてほしかったのだろう。

しかし、プライドの高いナルドをはじめとした勇者パーティの面々は頭を下げたくなかった。

だから、上から目線で連れ戻そうというよくわからない行動に出てしまったのだ。

もう少し下手《したて》に出るのなら、パーティには戻らないにせよ多少の協力はしてやってもよかった。

でも、あれじゃあなあ……。

「まあ、そんなことよりも早く精霊石を持っていって、剣を作ってもらおう」

「そ、そうですね！　早く行きましょう」

俺たちは本来の目的を思い出し、ガイルの工房へ。

ナルドたちと別れ、少し人通りが少ない場所まで来たときだった。

「あれ、そういえばシルフィちゃんが見当たりませんね？」

「そういえばそうだな……迷子になったか？」

思い返せば、ベルガルム村までパタパタと俺の肩の近くを飛んでいたシルフィの姿がナルドたちと遭遇した辺りから見えなくなっていた気がする。

流石に強力な精霊が一人でいたとしても大事になるとは思わないが、心配なので来た道を戻ろうかと思ったときだった。

「パパ、ママ、ここだよ〜！」

シュンッと七色の光を放ってシルフィが虚空から現れた。

「わっ、どこに隠れてたんですか!?」

「精霊界だよ〜！」

ふむ……精霊界。初めて聞く言葉ではあるが、これと似たものを俺は知っている。

「精霊界っていうのは……こんな風にこの世界とは切り離された高次元空間ということなのか？」

俺はシルフィの目の前で付与魔法を使い、アイテムスロットを開きながら尋ねた。

「それ、多分同じだよ！　なんで精霊じゃないのにそれできるの!?　っていうか誰でも入れるの!?」

シルフィがアイテムスロットの内部を行ったり来たりしながらめちゃくちゃ驚いていた。

「同じなのか……。人が入って大丈夫なのかわからないから倉庫代わりにしかしてなかったんだが、多分誰でも入れるんだろうな」

「パパすごい……！　流石はシルフィのパパだよ！」

「そ、そうか……？」

褒められて悪い気はしないのだが、よく理解せずに使っていただけに凄いことなのかがピンとこないというのが正直なところだった。

「シルフィちゃんにもアルスのすごさが伝わって良かったです！」

俺がやや微妙な心境なのとは裏腹に、なぜかセリアのほうもニコニコしていたのだった。

◇

「む、もう持ってきよったのか……!?」

俺たちがガイルの工房に到着すると、ガイルは雷にでも打たれたかのように驚いていた。

ガイルが驚くのも無理はない。

シルフィが精霊石を提供してくれなかったらこれほどまでに早く二つも集めてくるのは難しかっただろう。

「ああ、これだ」

俺はアイテムスロットから手のひらサイズの精霊石を二つ取り出した。

「見た目ではわかりにくいが、結構重い。注意して持ってくれ」

「うむ、わかっておる」

俺はガイルに重さには注意するように伝え、精霊石を渡した。

伝えたのだが——

「うおっ！　こ、こりゃ重いわい！」

危うく落としかけてしまうガイルである。

一〇キロほどなので問題なく持つことはできるはずなのだが、想定していたより大きな重さを感じると人はそれに対応できない。

俺がシルフィから精霊石を受け取ったときと同じ構図の再来だった。

「こ、これほどの重さの精霊石をよく集めてきたもんじゃわい……」

「まあ、運が良かったからな」

「運も実力のうちじゃ。ようし、これなら思っていたよりも強い剣が作れそうじゃな！　待っておれ、すぐに取りかかる」

「ああ、頼んだ」

ちなみに、シルフィは俺たち以外の人がいる場所では精霊界へ移動し、隠れている。

精霊は人里離れた森の中で生活しているイメージがあるし、あまり姿を見られたくないのかもしれない。

「剣を打つ間、こっちでお茶でも飲んでなよ〜！」

シャロットがそう提案してくれた。

ガイルをふと見ると、極限の集中状態に入っているように見える。

俺たちが周りにいない方が良さそうだ。

「じゃあ、お言葉に甘えて」

俺たちは剣作りをガイルに一任し、シャロットと一緒に建物の奥へ移動し、剣ができるまでの時間を過ごした。

約二時間後——

「できたわい、完璧じゃ！」

そう言いながら、二本の剣を持ってガイルが工房から出てきた。

「本当に早いな……」

シャロットがさっき話していたことによれば、普通の鍛冶師ならもっと時間がかかるものなのだが、ガイルの場合は非常に手際がいいため早く作れるのだそうだ。

鍛冶師も魔法のような技術——魔力を使った剣作りをしているため、スピードに関しては腕次第といったところだ。

『魔力』という存在が知られていなかった遠い昔は剣作りに何十日と時間をかけていたそうだが、今では剣作りを専門とする鍛冶師でそれほどの時間をかけることはない。

そうだとしても、ガイルの場合は早すぎるのだが……。

「ワシは腕には自信があるからな。ほれ、どうじゃ」

ガイルから渡された剣を受け取る。

ずしっとした重さがあるが、精霊石が組み込まれているわりにはそこまでの重みを感じない。

精霊石を直接剣に埋め込むのではなく、精霊石に詰まっている精霊魔力を利用して剣の攻撃力を引き上げているから、質量を感じさせないのだろう。

「早速試し斬りをしたい……と思ったが、この剣に相応しい的がなさそうだな……」

「そうじゃろうな。まあ、明日にでも試してみればいいじゃろう」

「ああ、そうさせてもらうよ。ありがとうな」

「礼には及ばん。ワシもこれほどの剣を作れれば、この生涯に悔いはない。この二本の剣は文句なしにワシの最高傑作じゃ」

名工ガイルが自信を持って最高傑作と言える剣。

俺の期待以上の品質に仕上がっていそうだ。

「よし、じゃあ今日のところは早く宿に戻って、明日は朝イチでギルドに行こう」

「そうですね！　私も早く使ってみたいです！」

俺とセリアは一本ずつ剣を携え、ガイルの工房を後にした。

第五章　ギルドカード

ガイルの工房を出たときには、辺りはうっすら暗くなっていた。

隠れていたシルフィが姿を現し、俺の肩にちょこんと乗ってきた。

「眠いのか？」

「そんなことないよ〜、ふぁあ……」

と言いつつも、眠そうである。

こういうところは本当に子供みたいだな。

俺はやれやれと嘆息し、宿に向けて足を進め始めた。

「まだちょっと冷えますね」

「そうだな」

季節は春なので日中は暖かいのだが、流石に夜はまだ肌寒い。

付与魔法で暖房魔法を使ってもいいのだが――

「宿に戻るまで手を繋いで、寒さを凌ぎましょう」

そう言って、セリアが俺の手をとってきた。

「……っ！」

魔法の無機質な温かさとは違って、セリアの手からは優しい温もりを感じる。

まるでデート中のカップルのようで俺は周りの目を気にしてしまうのだが、セリアのほうは気にした様子ではない。まあ、宿に戻るまでは十数分ほどだし、このままでいいか。

「アルスの手、温かいですね……！」

「そうか？」

「そうですよ！　ずっとこうしていたいです……！」

「ずっと……なるほど」

セリアに他意はないのだろうが、「お嫁さんになりたい」なんて言っていただけに別の意味も含まれているのではないかと勘繰ってしまう。

心を開いてくれているのは結構なのだが、開きすぎというのもこっちが困ってしまうな。

「パパとママは仲がいいんだねー」

寝てると思いきや、シルフィが余計なことを言ってきた。

確かに仲がいい悪いで言えば間違いなくいいのだが、生意気にもどこか意味深そうにニヤニヤしている。

こうしてセリアと手を繋ぎながら帰路についていたところ、人が一人歩けるくらいの路地裏から怪しい風貌の男が出てきた。

この瞬間、シルフィはサッと姿を眩《くら》ました。

見窄《みすぼ》らしい黒装束に黒いフードを被った小柄な男。

俺は咄嗟にセリアを庇うような動きをした後に制止する。

そのまま通り過ぎるかと思いきや、黒装束の男は俺たちの目の前で足を止めた。

「見つけた」

声からは若い印象を受けた。

声変わりをする前の男の子の声といった感じだ。

俺よりも若いとなると、セリアと同じくらいか？

「こっち」

どうしたものかと頭を悩ませ、セリアと顔を見合わせる。

少年は路地裏にもう一度入り、俺たちに手招きしてきた。

どうやら、敵意はないらしい。

身のこなしや魔力量を見た感じでは戦闘力は大したことがなさそうなので、攻撃されたとしても俺たちに傷をつけられないのは明らか。

不用意に知らない人間についていくべきではないが、どういう事情があるのか気になるな……。

もしかすると、俺の正体――つまり、元勇者であることを知る誰かなのか？

「あの、どうしますか？」

一瞬の沈黙の後、セリアが尋ねてきた。

「ついていこう」

俺はそう答え、少年とともに路地裏へ入った。

ジメジメとした路地裏の途中で少年は足を止めた。

「へへ、こんなところまですいませんね」

「それで、お前は誰だ？」

「へへっ、こりゃ失礼。私はギルドカードの買い取りをしてましてね。余ってるギルドカードがあると聞いて待っていたんですよ。こんな格好ですいませんね」

ヘラヘラとそんな説明をする少年。

ちなみに、ギルドカードは一人一枚しか持てないし、身分証という性質から余るという概念は存在しない。

「なんの話だ？　ギルドカードはあるが、余るはずがないだろう。というか、そんなものを買い取って何に使うつもりだ？」

ギルドカードの売買はそれ自体が禁止されているし、買った後の使い方次第では別の罪にもなり得る。

余分に持っている——ということは、他人のギルドカードをなんらかの方法で持っているということになる。

冒険者歴が長かったり、高位の冒険者のギルドカードがあったりすればお金を借りることもできるし、そうでなくとも密入国者の手に渡れば身分が与えられてしまう。

盗まれたものであれば、場合によってはギルドカードの持ち主がどこかに預けている財産を盗むこともできてしまうだろう。

「え、あれ？　買い取ってほしいって紹介されたんだけど……もしかして人違い？」

「そうだろうな。俺は何も知らないぞ」

俺がそのように答えると、少年の顔が引きつったように感じられた。

フードで隠れていて見えないのだが……。

「そ、そうなんだね。じゃあ今のは聞かなかったことに……」

「できるはずがないだろ」

「ひっ」

俺は逃げようとする少年の腕を掴んだ。

ジタバタと暴れているが、想定していた通り非力だったので俺が逃がすことはない。

「悪いことをしてたって自覚はありそうだな？」

「わ、悪いことというか人助け……ぐぎぎぎぎ」

少年を握る手をより強くした。

「ごめんなさい！　儲かるからやってました！　もうやりません！　許して！」

やれやれ、最初からそう言えばいいのに。

「じゃあ、今からギルドにお前が持ってるカード全部返しに行こうか」

「そ、それだけは……」

「できないなら、お前の処遇をどうするか……」

少年を握る手に再度力を込める。

「わ、わかった！　返す！　返すから！　命だけは取らないでくれ！」

「そうか、それならいいんだ」

俺は正義の味方というわけではないが、もし自分がギルドカードを落としたときにこういった闇ルートに流れることを考えれば放ってはおけない。

この少年を摘発《てきはつ》したところで氷山の一角なのかもしれない。

とはいえ、どれだけ果てしない道だとしても、一歩ずつ着実に歩みを進めるしかないというのも事実なのだ。

これは無駄ではないだろう。

俺たちは宿への道中にある閉店間際の冒険者ギルドに駆け込んだ。

「あれ、アルスさん何かご用ですか？」

「ああ、ちょっとな」

顔馴染みの受付嬢が戸締まりをしている中、俺は少年をカウンターまで連れて行く。

そこで、持っているギルドカードの全てを吐き出させた。

その数、およそ二〇〇枚はあった。

「ひいっ！　な、なんですかこれは!?」

「ギルドカードだ」

「それはわかりますけど!?」

一人につき一枚しか持つことができないギルドカードが山積みになっている光景にはさすが

のギルド職員でも驚きを隠せないらしい。

「まあ、話すと長くなるんだが……」

俺は知っている範囲で事情を受付嬢に話した。

その間、闇商人の少年はシュンとしていた。

「なるほど……そういうことだったのですね、ありがとうございます。冒険者ギルドでも、冒険者の方が紛失したギルドカードについては問題になっていまして、こうして回収していただいたことは大変ありがたいです」

受付嬢は丁寧にお礼を言い、頭を下げた。

「場合によっては単に紛失されたのではなく強奪されたケースもありまして。再発行手数料を頂戴するのは決まりとはいえ申し訳ない気持ちでいっぱいでした。回収されたカードがあればお金もお返しできますし、よかったです」

なるほど、そういう場合もあるのか。

よくよく考えればこの少年のように違法なものを買い取る商人がいるのだから、そういった悪事に手を染める輩がいてもおかしくはない。

そういう輩を発生させてしまうという意味でも、闇商人の存在を許してはおけないのだ。

「ところで、この子はどういう処遇になるんだ？」

「私は衛兵に引き渡すだけですから確実なことは言えませんが、返還したとはいえ、この量です……。なんのお咎めもなしにというわけにはいかないでしょう。まずはこの子の両親を呼び出して事情を聞くところからでしょうか」

事情によってケースバイケースというわけか。

やや責任を感じてしまうが、見過ごすわけにもいかなかった。

「親も兄弟もいない。呼べる人は誰もいないからな！」

受付嬢の説明に反応して、闇商人の少年が声を上げた。

親がいない、か。

この世界では、親がいないというだけで子供は生活に困窮《こんきゅう》してしまう。

技術も経験もない子供が普通に過ごしていても最低限の生活すらままならないため闇商人などというケチな仕事に甘んじてしまったのだろう。

さっきは儲かるからやっていた――と言っていたが、本質はそこではなかったのかもしれない。

普通以上の生活をするためにはそれしか方法がなかったのだろう。

俺も若いときに両親を喪《うしな》ってしまっただけに、そこには同情をしてしまう。

「そうか、気持ちはわかる。だが、そうだとしても自分がやったことの責任は取らないとな」

「わかってるよ！　何をされても文句は言わねえよ。けっ、わかったような口を利きやがって」

「わかってるよ。俺とお前は一緒だからな」

そう言って、少年の目を見た。

「……」

何か感じるものがあったのだろうか、俺と目が合ってから黙ってしまった。

「それで、この場合はどうなるんだ？」

「この場合は……罪を犯した原因が明白ですから、おそらく王都の教育機関に送致《そうち》されるかと」

「なるほど、それはいいことだな」

この少年の場合なら、真っ当な手段でお金が稼げるのであればやらなかったかもしれない。

もちろん関係なく同じことをしていた可能性もあるが、人を殺していたというわけでもない。

更生するチャンスを与えられてもいいだろう。

「それでは、後はこちらにお任せください」

「ああ、頼んだ」

俺は受付嬢にそう言い、ギルドの出口へ向かう。

「ちょっと待ってくれ」

「ん？」

闇商人の少年に呼び止められた。

「やっと捕まって……安心した。……あの生活をしてて、先が見えなかった。そんなに、大して儲かってなかったし……」

ボソボソとそんなことを言ってきた。

明らかに見窄らしい服を着ているし、儲かっていないことはわかっていた。

これほど悪どい商売をしておいて、儲かっていないのには何か別に理由があったのだろう。

それもだいたい見当はつく。

「そうか、よかったよ」

俺はそう言って、冒険者ギルドを出た。

「セリア、帰りが遅くなりそうだ。寄り道して悪かったな」

「いえいえ、気にしないでください！　私は二度美味しいのです」

「うん？」

セリアは奇妙なことを言って、さっきのように俺と手を繋いだ。

シルフィは精霊界で眠っているのか出てこず、俺とセリアは二人だけでゆっくりと帰路についたのだった。

◇

ガイルから新しい剣を作ってもらった翌日。

俺たちは朝イチで冒険者ギルドを訪れ、依頼書が貼られている掲示板を物色していた。

「新しい剣を試すのに良さそうな依頼……どれもEランクの依頼で手応えがなさそうですね」

「そうだな」

ガイルの剣でなくとも今のセリアなら一撃で倒せてしまうのがEランクの魔物。

今日の依頼をこなせばDランクに昇格できるだけのギルドポイントはあるのだが、Dランクの依頼を先に受けることはできない。

依頼と関係なく魔物を倒すことはできるが、剣を作ってもらうためにお金を使い果たしてしまったので、野宿生活を回避するためには目先のお金をなんとか工面《くめん》しなければならないのだ。

「諦めていつも通りの依頼にしましょうか」

「いや、ちょっと待て。これとか良さそうじゃないか？」

膨大な依頼書の山から、一つだけ気になる依頼があった。

「ゴーレム狩りですか？」

「そう、それだ」

ゴーレムとは、岩のような見た目をしている魔物。

一撃の攻撃力が強力なことに加え、防御力が異常に高いことで知られている。

とはいえ動きが非常に遅いため、攻撃を避けるのは難しくない。Eランク冒険者でもきちんとパーティを組んで時間をかければ問題なく倒せる敵ではある。

この防御力が高いというのがミソだ。

一定量以上のダメージを与えることでゴーレムの防御力を突破できるようになるのだが、防御力を突破するために何発の攻撃が必要か、あるいはどのくらいの時間の攻撃が必要なのかを知ることで、この剣の性能がわかる。

「確かにちょうど良さそうですね！　でも二人で本当に大丈夫なのか心配ですが……」

ゴーレム狩りは防御力を破るために大きなダメージが必要なため、大人数で相手をすることが多い。

報酬もEランク依頼の中では最も高いというところで、ギルド側もソロ向けではなくパーティ向けの依頼として貼り出していた。

とはいえ、この剣があればなんとでもなるだろう。

最悪どうにもならなかったときは俺が付与魔法でなんとかすればいい。

「俺も一緒に行くんだぞ？　何があってもセリアを死なせるようなことにはならないよ」

「アルスかっこいいです……！　確かにその通りですね！　この依頼にしましょう！」

「お、おう。そうだな」

なぜかこの言葉が刺さったようで、セリアは嬉しそうに掲示板から依頼書を剥がした。

理由はよくわからないが、納得してくれたようでよかった。

◇

それから約三〇分でゴーレムの生息地であるベルガルム森林近くの原野に到着した。

雑草が生い茂る殺風景な場所ではあるが、灰色のゴーレムの姿がちらほら見られる。

「へー、綺麗な場所だねー！」

シルフィは新しい場所を見るのが楽しいのか、あちらこちらと自由に空を飛び回っている。

「そうか？　そんなに景色は良くないと思うが……草が生えっぱなしだし」

「そういうところも新鮮なの～！　こんなの精霊の森で見たことないもん！」

まあ、ある意味ではあの綺麗な景観の精霊の森を見慣れていると、逆にこういうところが新鮮に映るのかもしれない。

シルフィは外の世界に期待してついてきたのだし、喜んでいるのなら素直によかったのだと思っておこう。

可愛い精霊にはエンジョイしてもらっておくとして、俺たちは俺たちで仕事をしなきゃな。

「じゃあ俺が引きつけるから、セリアは後ろから攻撃してくれ。いいな？」

「わかりました！」

セリアの返事を確認した後、俺は近くにいるゴーレムに小石を投げつけた。

コツン――と軽く衝突し、ゴーレムが俺に向かって近付いてくる。

しかし、かなりノロい。

普通に歩いても振り切れてしまうくらいには動きが遅いので、よほど下手をうたない限り殺されることはないだろう。

俺は迂回しながら前方に進んでいき、ゴーレムの体の向きを調整する。

セリアがゴーレムの背中を狙いやすい向きになったところで足を止めた。

「いつでも大丈夫だ」

俺の合図でセリアが動き出し、ゴーレムの背中に向けて剣を振るう。

ちなみに俺が先日教えた通り、しっかり魔力を込めている。

しっかりと理解してくれているようで何よりだ。

と、ゆっくり感想を巡らせている暇などなかった。

ザンッ――!!

セリアの攻撃が当たった瞬間、ゴーレムの装甲が破壊されてしまった。

それどころか、その勢いのまま刃がスルッと入っていく。

ゴーレムは防御力が高い代わりに、生命力が驚くほど低い。

そのため、セリアは一撃で倒してしまった。

「え、もう終わりですか?」

「……みたいだな」

セリアがキョトンとしてしまうのも無理はない。

普通のEランク冒険者はパーティで何十分もかけて集中砲火し、なんとか装甲を破るというのが常識なのだ。

ガイルに作ってもらった武器は、確かに強い。

強すぎるほどに強い。

だが、それだけでは説明できないほどの攻撃力だった。

「ゴーレムって、もうちょっと強いのかと思ってました。意外と弱いのですね……?」

この言葉が出るということは、まだ余力を残していたのだろう。

まずは様子見の一撃だったということか。

「いや、この辺のゴーレムが特別弱いってわけじゃないはずだ」

俺は、近くにいたゴーレムを剣で斬った。

ザンッ――‼

セリアと同じようにサクッと斬ることができたが、やはり一般的な灰色ゴーレムと比べて特別強くも弱くもない。

「やっぱり……セリアが強すぎるんだ。その剣が強いことももちろんだが、その剣を使いこなせるセリアもなかなかのものだと思うぞ」

「そ、そうなのですね……！　ありがとうございます！」

強い剣はそれだけ扱いが難しい。

初めてこの剣を使ったというのに、俺以上に完璧に剣の力を引き出している。

驚くべき順応力だ。

流石は『剣聖』といったところだろうか。

ふっ、と俺は笑った。

セリアは、俺が想像していた以上に優秀な人材かもしれない。

「よし、この感じだと一体ずつじゃ物足りないだろう。まとめて倒すぞ」

「え⁉」

「セリアも一体じゃ物足りなかっただろ？」

「それはそうですけど……」

「なら、まとめて倒して今日の依頼はサクッと終わらせるとしよう」

今回俺たちが受けたゴーレム狩り依頼の討伐数は一〇体。

俺とセリアで一体ずつ倒しているので、残り八体だ。

とはいえ、さっきのように一体ずつ小石を当ててこちらに注意を引くというのも面倒だな。

あれをやってみるか。

まず、『周辺探知』。俺の魔力を広域に薄く広げることで原野一帯のゴーレムの位置を把握する。

八体のゴーレムに狙いを定めたので、今度は『威嚇《いかく》』を使った。

『威嚇』は対象を刺激し、怒りを増幅させる効果がある。

ノシノシと穏やかに歩いていたゴーレムたちがビクッと反応し、一斉に俺を目掛けて進路を変えた。

……と言っても、本当にゆっくりなのだが。

「ある程度まとまったところで攻撃すれば手間が少なくて済むだろ？」

「そ、そうですね。……頑張ります」

セリアは剣を握りしめ、近付いてくるゴーレムが固まった頃合いで駆け出した。

ゴーレムたちの背後に周り、やや離れた場所から剣を横薙ぎに振るう。

魔鳥討伐の際に俺が教えた技を使おうとしているのだろう。

剣に魔力を流し込み、圧縮。

増幅させるようなイメージを持ち、振ったタイミングで魔力を放出する――

ザアアア――――ンッッッ!!

巨大な剣の形をした魔力弾が繰り出され、ゴーレムたちは一網打尽になった。

「こ、これでどうでしょうか！」

「うん、完璧だよ」

俺が教えたこと以上の完成度で自分のものにできている。

昨日教えたばかりの技を、今日初めて使う剣で完璧に再現できれば何も言うことはない。

これからもなんの問題もなくセリアは強くなっていくはずだ。

ガイルとの約束――セリアを俺以上の剣士に育て上げることも近いうちに果たせそうだ。

とはいえ――

「でも、まだ伸び代はあるから、ここで満足しないようにな。俺がこの前セリアに教えたのは基本技術。まだまだ吸収してもらう必要があるぞ」

「ま、まだあるのですか……!?」

「うん？　むしろまだ教えてないことのほうが多いと思うが……？」

「な、なるほど……精進《しょうじん》します……！」

やや落ち込んでしまった様子のセリアだったが、やる気は十分なようだ。

ひとまず最初のうちは自信をつけさせることが先決だし、目的は達成したといえよう。

俺の想定よりもかなりセリアの飲み込みがよかったのは嬉しい誤算だった。

「じゃあ、このゴーレムを回収したら村に戻ろう」

俺はゴーレムの死骸を全てアイテムスロットに収納した。

「シルフィ、そろそろ帰るぞ」

「え〜、もう？」

「もうって、結構いただろう。こっちはゴーレムを一〇体も倒してたんだぞ？」

「アルス、まだ一〇分も経ってませんよ」

俺が駄々をこねるシルフィを嗜《たしな》めていたところ、セリアが懐中時計を見ながらそんなことを伝えてくれた。

「え、まだ一〇分しか経ってないのか？」

「はい。流石にもう少しゆっくりしてもいいのかなと。シルフィちゃんがちょっと可哀想です」

「それもそうだな……」

そんな理由でもう少しだけここに留《とど》まり休憩をすることに。

やや草原が開けた場所で腰を下ろし、日向《ひなた》ぼっこを楽しんでいたときだった。

「パパ、変なの落ちてた」

シルフィが謎の物体を両手に持ってこちらに飛んできた。

「ん、なんだそれは……って、これはギルドカードか？」

銀色の小さな金属プレート。

小さな体でそこら中を飛び回っていたシルフィだから見つけられたのかもしれない。

「私たちより一つ上のDランクの冒険者のもののようですね。名前はユキナ・リブレントと書いてあります。ジョブは……『賢者』？　初めて見ました」

「え、賢者だって……？」

セリアが読み上げたジョブが気になり、俺もジョブ欄を確かめた。

確かに、そこには賢者と刻まれている。

「賢者といえば、『剣聖』に並ぶユニークジョブの一つのはずだ」

昔、古文書を読んだ際に、剣聖と同等の扱いがされていた記憶がある。

「私みたいに剣を使えるのですか？」

「いや、『賢者』は魔法のスペシャリストだ。訓練すればある程度は剣を扱えなくもないだろうが、それよりも魔法に関しての強さがいわゆる魔法師と比べると桁外れだと言われている」

そもそもユニークジョブとは、一国に一人いればいいくらいに珍しい存在だ。

それがこんなに近い場所に二人もいるとはな……。

なんの因果なんだか。

「どうしてそんな人のギルドカードがこんなところに落ちてたのでしょうか？」

「さあな。それは直接聞いてみないとなんとも。見たところそんなに古びてる感じでもないし、持ち主は探してるかもしれない。村に戻ったらギルドに届けよう」

「そうですね！　それにしてもこの持ち主の女の子はラッキーですね。変な人に拾われていたら転売されてしまっていたかもしれませんし……」

「まあ、ある意味そうだな。お手柄だったぞ、シルフィ」

そう言って、俺はシルフィの頭を撫でてやる。

するとシルフィは嬉しそうに微笑んだのだった。

◇

ベルガルム村に帰還した俺たちは、依頼報告と取得物を届けるために冒険者ギルドに戻ってきた。

シルフィは精霊界に隠れているので、俺とセリアの二人で建物の中に入る。

すると、冒険者と受付嬢の会話が聞こえてきた。

受付嬢は顔馴染みの人だが、冒険者のほうは初めて見る顔だった。

透き通った美しい銀髪のツインテール。ルビーのような赤い瞳に、雪のように白い肌。

見たところ、おそらくセリアと同じくらいの年齢。若干のあどけなさが残るが、整った顔立ちをしている。

愛らしさと美しさのいいとこ取りをしたような美少女だった。

「ギルドカード、まだ見つからないのかしら……？」

「申し訳ないのですが、ギルドにはまだ届けられていません……」

「そう……。再発行っていくらだったかしら」

「一万ジュエルです」

「高すぎるわ……。財布ごとなくなっちゃったの。どうすればいいのかしら……」

どうやら、この銀髪美少女はギルドカードが入った財布ごと紛失してしまっていたようだった。

しかしさっき拾ったギルドカードは裸のまま落ちていたようだし、関係なさそうだ。

そうなると意外とギルドカードの紛失って多いのだろうか。

「ユキナさんにはこのギルドで何度か依頼をお願いしていますし、本人か否かは明らかですから場合によってはギルドから費用の貸し付けをすることも検討できるかと……」

「そう、それはありがたいわ。借金はあまりしたくないけれど……」

あれ、ユキナって名前どこかで見たような……？

俺は拾ったギルドカードに刻まれている名前を確認する。

『ユキナ・リブレント』と書かれていた。

「なあ、もしかしてあんたの名前って、ユキナ・リブレントだったりするのか？」

「……!?　ど、どうしてそれを!?」

ユキナという少女は、めちゃくちゃ驚いていた。

まあ、見知らぬ他人からフルネームで名前を呼ばれるなんて想定外か。

「実はさっきゴーレム狩りが終わった後にギルドカードを拾ったんだ。ギルドに届けようと思って持ってきたんだが、持ち主がいるなら話が早そうだな」

俺は確認の意味を込めてギルドカードをユキナに見せた。

「間違いなくこれは私のものよ。あ、ありがとう……！」

「どういたしまして。でも、さっきちょっと会話が聞こえたけど財布はなかったと思うぞ」

本人のものであると確認が取れたので、ギルドカードを手渡した。

ユキナは大事そうにギルドカードを握りしめた後、バッグの中に収納したのだった。

「多分、村の中で盗まれてギルドカードだけ捨てられたのだと思うわ。お金は諦めるとして、見つかってよかった……。感謝してもしきれないわ」

まさかギルドカードを届けることでこれほど感謝されるとはな……。

「あの、何かお礼をさせてもらえないかしら」

「お礼？　いいよ、そんなの」

たまたま落ちていたものを拾って届けただけなので、俺としては感謝の言葉だけで十分だった。

しかし、それでは気が済まないようで――

「そういうわけにはいかないわ。拾ってくれたのがあなたじゃなかったら悪用されていたかもしれないし、そうじゃなくてもギルドから借金せざるをえなかったもの」

確かにそのリスクはあった。

実際にギルドカードを買い取る専門の闇商人なんてものまでいるのだから、俺が想像している以上にありふれたことなのかもしれない。

だからユキナは重く捉えているのだろう。

「……なるほどな。お礼をしてくれるというなら、俺たちとしては断る理由はないよ。でも、ユキナは今、無一文なんだろ？　しばらくは目の前のことだけを考えて生活基盤を安定させることを優先してもいいと思うが……」

一般的に何かお返しとなれば、ご飯をご馳走するなどだろう。

金額が特別高い必要はないが、財産を失くしてしまったユキナには厳しいはずだ。

そもそもギルドカードの再発行手数料の一万ジュエルに困っている状況ではどうしようもないと思うのだが……。

「そうね、お金でお返しをすることはできないわ」

「そうだよな。だから無理に――」

「だから、私の体でお礼をするわ」

「……え？」

どのような意味で言っているのかわからず、聞き返そうとしたときだった。

「体で返すってどういう意味なのですか？　アルス、教えてください！」

セリアは俺とは別のベクトルで意味がわかっていないようで、なぜか俺に尋ねてきたのだった。

しかしこれはなんと説明すればいいか……。

「これはセリアにはまだ早いんだ」

「そうなのですか……？」

純真なセリアにはショックが大きすぎる。

こういうことはもう少し成長してからのほうがいいだろう。

「それとユキナ、もう少し自分を大切にしたほうがいいぞ」

俺はユキナの肩をポンと叩く。

「わ、私だってやるときはやるのよ！　それに、さっき断る理由がないって言ったじゃない」

「それはそうだが、話が別というか……」

「私じゃ戦力にならないと思われているのね……。荷物持ちでもなんでもするのに……」

ユキナはショックを隠しきれない様子で肩を落としてしまった。

しかし気になる言葉が出てきた。

「ん、戦力ってどういうことだ？」

「そのままの意味よ。お金がないから、この身で……依頼のお手伝いをしてお礼をしたいって言ったんじゃない」

「………なるほど」

俺はどうやら大きな早とちりをしてしまっていたらしい。

どんな早とちりなのかはもう思い出したくもないが、よく考えれば、そりゃ初対面の男にそんなことは言わないだろう。

この早とちりを悟られないよう誤魔化すとしよう……。

「アルス、構わないのではないでしょうか……？」

セリアにもあの説明なら意味が伝わったようで、俺に耳打ちしてきた。

「そ、そうだな！　ちょっと悩んだけど、よく考えれば戦力になるかどうかはやってみないとわからないよな！」

「……？　ええ、そう言ったつもりなのだけれど」

変な意味ではなく、文字通り体でお礼をしてくれるというのなら断る理由はない。

戦力としては俺とセリアだけで十分足りているとはいえ、たまには違う冒険者の戦い方を間近で見るというのもいい刺激になるだろう。

「よし、そういうことならぜひ、お礼をしてくれ」

「ええ、役に立てるように頑張るわ」

ふう、なんとか自然な形で着地できたようだ。

冒険者ランクがDランクということはまだ成長途上なのだろうが、『賢者』というユニークジョブのポテンシャルを見られる機会はそう多くない。

まさかシルフィが拾ってきたギルドカードでこんなことになるとはな。

「あっ、アルスさん。依頼の清算のほう、承ります」

「……そうだったな。よし、頼む」

俺はいつものようにギルドカウンター裏に移動し、アイテムスロットから討伐証明のゴーレムの死骸を一〇体取り出す。

そして俺とセリア合わせて二枚のギルドカードを受付嬢に預けた。

ユキナは俺が何をしているかいまいちわかっていないようだが、わざわざ説明するほどのことでもないだろう。

「ゴーレム狩りお疲れ様でした！　これにて依頼達成です。こちらは依頼と魔物の素材を合わせた報酬です」

受付嬢から三〇万ジュエルが渡された。

これだけのお金があれば普通の村人家族なら一ヶ月は暮らせるので、Eランク冒険者の報酬としては破格である。

もちろんセリアと山分けすることにはなるが、それでも一人当たり一五万ジュエル。

これでも一人身の村人なら一ヶ月は生活できる金額である。

大人数での討伐が一般的なゴーレムを二人で倒したので、かなり割のいい仕事になった。

討伐証明部位以外の素材を持ち帰れなければ二〇万ジュエル程度まで報酬が下がってしまう。

仮に一〇人で依頼を達成すれば一人頭二万ジュエル。危険を伴うわりにはあまり美味しくない仕事ということになるのだ。

「そして、この依頼でギルドポイントが七〇ポイント加算されます。……おめでとうございます！　Ｄランク冒険者にランクアップです！」

「え、もう上がったのか？」

俺はやや驚きつつも受付嬢から預けていたギルドカードを受け取る。

そこにはしっかりとＤランクと刻まれていた。

「その通りです。私も驚きました……。私もそれなりに長くこの仕事をしていますが、Ｅランクからランクとはいえ、たった二件の依頼でランクアップする方は初めてです」

依頼達成時に得られるギルドポイントは、依頼の難易度によって上下する。

俺たちが受注していた依頼はＥランク向けのものとしては難易度が高いものだったので、これだけ早くランクアップができたのだろう。

「ちょ、ちょっと待ってよ。あなたたちが受けてた依頼って、ゴーレム狩りなの……？　二人で倒したってことなの？」

俺と受付嬢の会話を聞いていたのだろうユキナが驚いていた。

「ああ、そうだぞ」

「ゴーレムってＥランク冒険者の場合は最低でも一〇人、Ｄランクの冒険者でも五人は必要な依頼じゃない。それを二人……どういうことなの……!?」

「どうと言われても、文字通りの意味でしかないんだがな……」

これ以上にどう説明すればユキナが納得してくれるのかわからない。

俺は事実しか話していないのだ。

「アルス、早めにランクが上がってよかったですね！　今日の夕食はご馳走にしますか？」

セリアは俺以上にランクが上がったことを喜んでいるようだった。

「そうだな。まあ、いつもの食堂だけど一品くらい増やしてもいいかもしれないな」

「いいですね〜！」

「まあ、その前に昼ごはんだけどな」

朝イチでゴーレム狩りに出たものの、依頼達成までそれほど時間はかからなかった。

そのため、まだ昼過ぎ。

夕食よりも前に昼食のことを考えるべきだろう。

「昼ごはんを食べたら今日はもう一件くらい依頼をこなそう。まだお金が心許ないしな」

そう言って、俺は外に出ようとギルドの扉を開けた。

「あれ？　ユキナどうしたのですか？」

俺たちが扉の外に出たというのにユキナが一緒に出てこないので、セリアが声をかけた。

「え？」

「一緒にお昼ご飯食べましょうよ〜！」

「でも、私お金が……」

ユキナはギルドカードと一緒に財布を失くしてしまい、一文無しになっている。

「えええぇ!?　そんなこと気にしなくていいですよ〜！　ですよね、アルス！」

「その通りだ。さっき『まだ見つからないのかしら』って言ってただろ。ということは、少なくとも失くしたのは昨日以前。それから何も食べていないのだとしたら、食べてもらわないと困る」

一時的とはいえ、一緒に冒険をする仲間なのだ。

栄養状態に気を配るのは当たり前のことだろう。

……まあ、勇者パーティでは必ずしもそうではなかったので当たり前ではないのかもしれないが、少なくとも俺はそうするべきだと思っている。

「ちゃんと活躍してくれないとお礼にならないだろ？　だからユキナが気にする必要は何もない」

「あ、ありがとう……。また借りが増えちゃったわね」

そもそも冒険者は不安定な職業だし、ときには助け合うことも必要だろう。

だからこの程度のことを借りなんて思う必要はないのだが……。

まあ、いいか。

◇

もぐもぐもぐもぐ……ごっくん。

かなりお腹が空《す》いていたのだろう。

ユキナは食べ物が出てくるなり、物凄い勢いでご飯を食べていた。

この細い体のどこにこれだけ入るのだろう……と思っていると、完食したようだった。

「あ〜美味しかった！　ご馳走様でした！」

「す、すごい食べっぷりです……！」

セリアも俺と同じ感想を抱いていたようだ。

「大分元気になったようだな」

「ええ、おかげさまで。ありがとう……えっと」

「そう言えば、まだ俺たちのほうは名前を名乗ってなかったな。アルス・フォルレーゼだ」

「私はセリア・ランジュエットですよ！」

「アルス、セリア……ね。私はもう名前は覚えられちゃってるみたいだけど一応……ユキナ・リブレントよ」

初めて出会ったのが空腹時だったためこんなものかと思っていたが、比べてみると今のほうが顔色も良く、表情も豊かになっている気がする。

それにしても、ユニークジョブ『賢者』か。

古書でしか触れたことがなかった特異な存在。

セリアを見ていると普通の女の子だったが、どうやらユキナもそれは同じらしい。

こうして見ていると何も特殊なようには見えなかった。

あえて一つ特筆する点があるとすれば、美人なところだろうか。

そんなことを頭の隅で考えながら俺も完食した。平らげたところで、少し気になっていたことをユキナに尋ねる。

「チラッとギルドカードを見たんだが、ユキナは賢者なんだよな」

「ええ、そうよ。他の人よりも攻撃魔法に関しては自信があるわ」

『剣聖』が剣において強みがあるように、『賢者』というユニークジョブにも攻撃魔法の強さという強みがある。

当然ながらユキナ自身もそれを自覚しているようだった。

「見たところ所属パーティはなさそうだが、どうして入らないんだ？」

ユニークジョブの持ち主であることを説明すれば、引く手数多《あまた》だっただろう。

「ちょっとだけ他所《よそ》のパーティに入っていたことはあるけど、馴染めなかったのよ」

「ユキナならそんなことはなさそうだけどな」

「私が出会ったのは、普通の冒険者だったわ。彼らが悪いわけではないけれど、私が目指す方向を向いてなかった。良くしてもらっていたけど、私には彼らに合わせることができなかったの」

なかなかに抽象的な言い方だな……。

一般的な人間にとっての冒険者稼業とは生活費を稼ぐための生業《なりわい》でしかない。

そこになんらかのやりがいや夢を持つ者も多いが、ユキナが目指す先はそういったものではなかったということか。

だとすると、ユキナが目指す方向とやらが気になるな。

「ユキナはどうして冒険者になろうと思ったのですか？　あっ、話したくないことなら話さなくてもいいんですけど……」

俺の隣でひっそりと話を聞いていたセリアが尋ねた。

「べつに隠すことでもないわ。私は世界に散らばる七冊の魔法書を探しているの」

「魔法書……ですか？」

俺とセリアは顔を見合わせた。

言葉自体は聞いたことがあるが、御伽噺《おとぎばなし》の中に出てくる空想の産物だという認識だった。

「魔法書っていうのは、読むだけで様々な魔法が使えるようになるっていう……あれのことなのか？　実在しないものだと思っていたが……」

「正確には、その魔法に適性がある人間が読めば魔法が使えるようになるという代物《しろもの》よ。私の父は魔法学者だったの。私が小さい頃に亡くなってしまったけど、その生涯《しょうがい》を魔法書研究に捧げたわ」

ユキナはローブの中から一枚の古びた紙を取り出し、俺たちに見せてくれた。

ギルドカードですらそこまでしていなかったのに、この紙は肌身離さず持っている。……ということは、よほど大切なものなのだろう。

「これは父が魔法書の手がかりをメモしたものよ」

古びた紙には、文字と図が細かく書き込まれていた。

おそらく多数の文献から寄せ集めたであろうメモからはユキナの父の情熱が伝わってくる。

地図のような書き込みも見られるが、大まかに大陸のこの辺りといった感じで場所を突き止められるほど詳細なものではなかった。

「なるほど。これはなかなか大変な旅になりそうだな」

「ええ、すぐに見つかるとは思っていないわ。でも、生きている間に必ず全部集めきるつもり」

「俺に止める気はないし、そんな権利がないことは承知の上で聞くんだが……なんでユキナがそこまでするんだ？」

お父さんの夢を追う必要はないとは言わないが、ユキナにも他にやりたいことがあるだろう。魔法書が本当に存在するとして、それを集めるために他の全てを捨てるというのは、お父さんも望んでいないのではないだろうか。

「魔法書を全部集めて、どうしても欲しい魔法があるからね。私、最近冒険者になったんだけど、きっかけは自由になったからなの」

「自由？」

「母は昔から体が弱くて……なのに私を育てるために働きすぎて体を壊しちゃったの。しばらく看病してたんだけど……死んじゃって」

看病の必要がある人が亡くなったから、魔法書集めができるということか。

それにしても、思っていたよりもなかなかに重い話になってきたな……。

「魔法書は一冊ずつでも規格外の魔法が使えるようになると言われているわ。でも、七冊全ての魔法書を集めたとき、賢者は『蘇生魔法』が使えるようになると言われているの。私が望むものはそれよ」

「それは亡くなった両親を蘇生したいからってことなのか？」

「それもあるわ。でも、それ以上に大事な人を失うのはもう嫌だから」

「なるほど、ユキナは優しいんだな」

「臆病なだけよ」

大事な人を喪う苦しみは俺にもわかる。

もしも蘇生魔法なんてものがあり、賢者である自分にしか使えない魔法だと知れば、俺も同じことをしていただろう。

そして意外だったのは、両親の死に縛られていなかったことだ。

両親の蘇生をするのが主目的ではなく、これ以上悲しい思いをしたくない——そのために蘇生魔法を習得したい。

ユキナは俺が感じていた以上に前向きで強い子のようだ。

『賢者』というユニークジョブのインパクトが目立っているユキナだが、俺はそれとは関係なく話せば話すほどユキナをパーティーメンバーに欲しくなっていた。

共感ができることと同時に、きちんと育てれば強力な戦力になる。

俺の最終目標——魔王討伐により平穏な日常を取り戻すことにも大きく近付くだろう。

「ユキナ、正式に俺たちのパーティに入らないか？」

「私があなたたちのパーティに？」

「そうだ。言ってなかったが、俺は魔王を倒して平穏を取り戻すためにパーティを作った。世界中を巡ることになるし、俺の目的はユキナの方向性とも反しない。悪い提案じゃないと思うぞ」

普通の冒険者とは見ている先が違うのは、俺もユキナも同じはずだ。

この世界のどこかにいる諸悪の根源を探し出し、倒す過程で魔法書を探すこともできるだろう。

「なるほど……。提案はありがたいけど、引き受けられないわ」

だが、ユキナからは俺の誘いを断られてしまった。

「そうか。理由を聞かせてもらってもいいか？」

「アルスがダメというわけでも嫌というわけでもないの。私はただ、一人がいいだけ」

「ユキナは一人が好きなのか？」

「いいえ。でも、出会いがあれば別れもあるものじゃない？　いつまでも一緒にいられるわけじゃない。それなら、最初から一人のほうがいいってだけのことよ」

ユキナは淡々と説明した。

さっきユキナは自身のことを臆病だと言っていたが、まさにそれが理由なのだろうと俺は気付いた。

これまで長くパーティを組まなかった真の理由――それは、方向性の違いともう一つある。

「つまり、大事にしてきた仲間が死ぬのが怖いってことだな？」

俺がそう言うと、ユキナはビクッと体を揺らした。

どうやら当たりのようだ。

一緒に長くいればいるほど、仲間を大事に思う気持ちは強くなっていく。

比例してその仲間が死んだしまったときのショックも大きくなる。

ユキナはそれが嫌なのだろう。

「……そう、かもしれないわね。もちろんアルスたちが死ぬなんて思ってないけど」

そう言いつつ、実のところは心のどこかでそう思っている。

だからユキナは受け入れることができないのだ。

それなら――

「ユキナ、俺たちは多分ユキナが思ってるより強いぞ？　賢者ユキナはこれまで確かに仲間が頼りなく見えたんだろう。厳しい言い方をするが、それは思い上がりだ。この後、それを証明するよ」

「ユキナにいいところを見せればいいのですね……！」

「セリア、無理して強く見せる必要はないんだ。いつも通りやればユキナにも伝わるはずだ」

「そうですか……？」

「ああ、そうだ。絶対に」

俺はそう言い、席を立った。

「ユキナ、早速だが一緒についてきてくれ。返事は今日の依頼が終わるまで待つよ」

「ええ……わかったわ」

◇

それからギルドに戻り、新たな依頼を受注した。

今回からはDランク依頼。

Eランクは『冒険者』というものに慣れさせる意味合いが強く、これまで俺たちはEランクパーティが少人数で受けるには難易度が高いパーティ向けの依頼を受けていたとはいえ、Dランクとなるとまたガラリと世界が変わる。

ランクの評価を受付嬢に聞いたところ、おおよそではあるがDランク冒険者はEランク冒険者一〇人分の強さであり、その強さに応じた依頼を受けることができる。

ちなみにCランク冒険者はDランク冒険者一〇人分、Bランク冒険者はCランク冒険者一〇人分、Aランク冒険者はBランク冒険者一〇人分……ということらしい。

このようなイメージでランク付けをしているそうだ。

「それにしても、いきなりDランク依頼の中でも強いものを受けてしまって大丈夫でしょうか？」

「ユキナに俺たちの力を認めさせるには、中途半端な魔物を倒しても仕方ないだろ？」

「それはそうですが……」

俺たちが受けたDランク依頼は、ベルガルム森林を超えた先にある平原地帯に生息するトカゲの魔物――サラマンダーを三〇体駆除すること。

しかもソロが推奨されない、つまりパーティ向けの依頼でもある。

セリアはDランク以上の依頼は初めてなのでやや緊張しているようだが、俺は勇者パーティ時代にサラマンダーとは戦ったことがある。

なんの問題もないだろう。

サラマンダーの顎はまともに食らえば一撃で腕を噛みちぎられるほどの攻撃力がある。

強力な脚力も兼ね備えており、瞬発力も非常に高い。

さらには群れを成していることもあり、複数のサラマンダーと対峙《たいじ》することになれば普通のDランク冒険者三人では心許ないだろう。

だが、俺にはどうにかなるという確信があった。

「パパ、出てきてもいい～？」

村が見えなくなる程度の距離まで来たとき、俺の脳内に精霊界からシルフィの声が聞こえてきた。

なるほど、声だけをこっちの世界と繋げることもできるのか。

「いいぞ」

返事をすると、シルフィが虚空から出現し、大きく伸びした。

「はぁ〜、やっぱり外はいいな〜。あっ、この人が噂のユキナ？」

「そうだ」

どうやら向こうにいても、こちらのことは完璧に把握できているようだな。

説明の手間が省けて助かる。

ふわーっとユキナの方まで飛んでいき、まじまじと見つめるシルフィ。

突然かつ、初めてシルフィを見たユキナはかなり驚いているようだった。

精霊だと知らなければ、手のひらサイズの人間を見て驚かないほうがおかしいか。

「えっと……この子は？」

「精霊のシルフィだ。まあ、色々とあって俺たちについてきている。人間に敵意はないから優しくしてやってくれ」

「せ、精霊……!?　……どういうことなの……？」

「まあ、話すと長くなるから。気になるなら村に戻ってから詳しく話すよ」

まだ正式な仲間ではないユキナにシルフィを見せていいものかと迷ったが、問題ないだろう。

この後、必ずユキナは正式に俺たちのパーティの一員になる。

そんな確信があった。

それから数十分ほど移動し、目的地に到着した。

「じゃ、まずはセリアから、一体倒してみてくれ」

「わ、私一人でですか……？」

「そうだ。心配しなくても今のセリアならなんの問題もない」

「そ、そうですか……アルスがそう言うのなら、信じますが……」

セリアはやや自信がないようだ。

でも、ガイルの剣を手に入れ、短い期間ではあるが俺の指導により成長したセリアがサラマンダー一体程度に後れをとることはないことを俺は知っている。

とはいえ、肩の力を抜いてくれないとな。

「危なくなったら助けに入るから、安心して飛び込むといい。逆に言えば、俺が助けに入るまではなんの問題もないということだ」

「な、なるほど……！　万が一のときはアルスが助けてくれるというのは心強いです！」

どうやら俺の一言でセリアはいつもの調子を取り戻したようだった。

「いきますね！」

セリアは剣を右手に力強く持ち、近くにいた一体のサラマンダーに斬りかかった。

サラマンダーは接近してくるセリアに反応し、素早い動きで攻撃を躱《かわ》そうとする。

現段階では、単純なスピード競争ではセリアのほうがやや分《ぶ》が悪い。

しかし、セリアには『剣聖』としての卓越《たくえつ》した『動体視力』と『勘』がある。

『勘』は軽視されがちだが、近接戦闘においては相手の動きを常に予測し、どれだけ先を読めるかが勝敗を決めると言っていい。それほど大事な要素なのだ。

これは才能とも言い換えられるが、間違いなくセリアには剣の才能がある。

勇者として数多の魔物と対峙し、人類最高峰と名高い勇者パーティの剣士を見てきた俺がそう思うのだから、間違いないだろう。

「な、なるほど……！　見えました！」

どうやら、セリアにも見えたようだ。

勝利への道筋というものが。

セリアはサラマンダーの動きを予測し、俺が教えた通り剣に魔力を込める。

ゼロ距離から魔力を放出しつつ、剣の刃も一緒にクリティカルヒット――

ドガガガガアァァァァンッッ!!

攻撃が当たった瞬間、剣先で爆発が起こる。

サラマンダーの体は後方へと吹き飛んでいき、二〇メートルほど離れたところで静止した。

不安がっていたセリアだったが、完全なオーバーキルである。

「セリア、よくできたな」

「アルスが言った通りでした！　結構ちょろいですね！」

常に適度な警戒心を忘れてはいけないが、自信とのバランスをとることも忘れてはいけない。

いい経験になったことだろう。

「な、なんなの……今のは」

俺の隣からセリアの戦いを見ていたユキナは目を見開いて信じられないとでも言いたげな顔をしていた。

「普通に攻撃をしただけだぞ？」

「あれは普通じゃないでしょ!?」

「そうか？　確かにセリアにはセンスがあるが、あのくらいなら時間をかければ誰にでもできることだぞ。驚くのは、今後の成長のほうだな」

「あ、あれにまだ成長の余地が残されているというの……？」

　俺の想定以上にユキナにとってインパクトがあったようだ。

「さて、次は俺の番だな。セリアが剣で倒してくれたし、俺は魔法で倒すとするか」

　そう呟き、三〇メートルほど離れたサラマンダーの群れに狙いを定める。

　サラマンダーはDランク冒険者にとって単独でも手強い敵だと言われているが、群れとなると格段に難易度が増す。それを一人で倒したとなれば、少なくともCランク冒険者以上の実力であるとユキナに証明することができるだろう。

　しかし、それではまだ不十分だ。

　ユキナは仲間を喪うことを極度に恐れている。

　絶対に俺自身が死なず、仲間も死なせない力を持っていることを知らせる必要があるのだ。

　自重せずに、さっきのセリア以上のオーバーキルで倒すとしよう。

　まずは俺自身に強化魔法《バフ》を付与し、サラマンダーたちには弱体化魔法《デバフ》を付与する。

　そして、『身体強化』でさらに能力を引き上げる。

　今回攻撃に使う付与魔法は『地獄の紅焔《ヘル・プロミネンス》』。

魔法師がよく使う魔法の一つに、超高温の火を投げつけ、対象に衝突した瞬間大爆発を起こす魔法――『灼熱の業火《プロミネンス》』がある。

俺は付与魔術師だから、魔法の性質を意図的に組み替え、任意の性質を付与することもできる。

こうして改良の末、できあがったのが『地獄の紅焔《ヘル・プロミネンス》』だ。

しかしこれはとてつもない威力になることと引き換えに、魔力消費も凄まじい。

これを使わなくても勝てる場面ばかりだったので、作ったのはいいものの使うタイミングがなかった。

そのため、理屈上は完成しているが、実戦で使うのは今回が初めてということになる。

俺は手のひらに、蒼く燃える超高圧縮・超高温の火球《ファイア・ボール》を生成した。

「な、なにこれ……こんな火球《ファイア・ボール》見たことないわ……！」

流石は攻撃魔法を得意とするユニークジョブ『賢者』と言ったところか。ユキナは一目見ただけでこれがヤバいものだと認識したようだった。

しかしこの火球《ファイア・ボール》の真価はサラマンダーに投げつけ、その衝撃で圧縮された魔力が放出されたタイミングを迎えるまでわからない。

「よく見ておいてくれよな」

身の危険を感じたサラマンダーの群れが逃げ始めると同時に、俺は『地獄の紅焔《ヘル・プロミネンス》』を放った。

同時に超高温と衝撃で俺たちが被害を受けないよう付与魔法でバリアを展開し、身を守ることも忘れない。

刹那《せつな》、攻撃は着弾し――

ドゴゴゴゴゴゴゴゴオオオオオオオォォォォ――――ン!!

と、今まで聞いたこともないような轟音が鳴り響く。

巨大な火柱が空の彼方まで立ち上り、まるでこの世の終わりのような光景が広がった。

それから数分で火柱は消滅した。

着弾地点は完全に燃え尽きており、衝撃で黒い穴が空いている。

穴の周りはガラス化しており、地面がキラキラと輝いていた。

「どうだ？　ユキナ、これで安心できそうか？　ん……？」

「あわわわわわ……」

これなら安心してユキナは俺たちと一緒にパーティを組めるだろう。

そう思っていたのだが、ユキナは泡を吹いて倒れてしまっていたのだった。

「だ、大丈夫なのでしょうか……？」

セリアが心配そうにユキナの顔をのぞき込む。

「大丈夫だよ～、ママ。寝てるだけみたい」

シルフィがユキナの状態を確認し、伝えてくれた。

「そうでしたか。でも、無理もありませんね……。私はもはやアルスが何をしても驚きません
けど、初めて見るのがあれならこうなってもおかしくないかと。説明なしに撃てば、自分に向

けられていなくても怖かったのだと思います」

「安心させたいと思っただけなのにな……」

安心させたいと思って放った一撃で逆に怖がらせてしまうとは。

まったく、皮肉な話である。

「ん……」

「気が付いたか」

あれからほどなくして、ユキナは目を覚ました。

「私、気を失っていたの？」

「そうみたいだな」

寝起きのユキナは俺が魔法を放った跡地をまじまじと見つめる。

「セリアが強い時点で、アルスも強いことは想定していたけど、これは想定外だったわ……。

こんなことが人間にできるなんて、この目で見てもまだ信じられないもの」

「真面目にコツコツ頑張ったからな。それよりも、これなら安心できそうか？」

「ええ、安心はできたわ。アルスがいる限り、魔物に殺される未来は見えない」

「そうか、なら――」

「でも、これだと逆に……パーティに入ることはできないわ」

俺たちが弱ければ死んでしまうかもしれない――というユキナの不安を払拭《ふっしょく》するために頑張ったのだが、なぜかこれが原因でパーティに入れないと言い出すユキナ。

俺はどうしていいかわからず、次の言葉を待った。

「私じゃ足を引っ張ってしまうもの……」

ユキナは悲しそうに俯く。

力量差がありすぎてパーティに入るのが申し訳ないと思わせてしまったようだ。

「それなら心配する必要はない。セリアだって、数日前まではこれほど強くはなかったからな。せいぜい一般的なDランク冒険者くらいだった」

「嘘でしょ……？」

「本当ですよ！」

「……」

セリア本人から言われてもまだ信じられない様子のユキナ。

俺だってセリアの成長速度が普通ではないことくらいはわかるので、ユキナの信じられないという気持ちも理解できる。

でも、これが真実なのだ。

「じゃあ、ユキナを使って証明しよう」

「私……？」

「今日ここで魔法を俺が教えて、手応えを感じられるくらいにはユキナを強化する。そうすれば自信を持って俺たちのパーティに入れるはずだ」

「そんなことできるの……？　普通そういうのってめちゃくちゃ時間がかかるものなんじゃ

「……」

「ああ。普通はそうだし、根本的に強くなるには地道な修業がモノを言うのは確かだ。でも、セリアに驚くくらいならユキナはまだまだこの状態でもポテンシャルを残している。そのポテンシャルを引き出すというだけのことだ」

俺はそう説明し、辺りに手頃な魔物がいることを確認する。

一体だけはぐれているサラマンダーがちょうど良さそうだ。

「そうだな、ユキナでもサラマンダーくらいなら今でも倒せるだろう。あれを倒してみてくれ」

「一体くらいなら確かになんとかなるけど……これが修業？」

「いや、修業じゃなくて実際に戦っているところを見て俺が指導の参考にするだけだ。俺はまだユキナが戦っているところを見たことはないからな」

もちろん、普段の姿勢、歩き方、感じ取れる魔力量などからおおよその力量は把握できる。

しかし戦闘時特有のセンスなどは見てみないとわからないところがある。

「わかったわ。サラマンダーを倒せばいいのね」

ユキナは俺の指示に従い、一体のサラマンダーに狙いを定めた。

賢者は攻撃魔法において最強と言われるユニークジョブだが、さて――

「……っ！」

ユキナは火属性魔法を使うべく魔力を練り、魔法を展開する。

一見単純な火球《ファイア・ボール》かと思いきや、ユキナから放たれた火球《ファイア・ボール》はまるで光線のように高速で直線状に伸びていく。

なるほど、『火炎光線《ファイア・ビーム》』だな。

火炎光線《ファイア・ビーム》がサラマンダーに衝突した瞬間、爆発が発生する。

ドガアアアンンンッッ――!!

しかし――

「くっ、やはり一撃ではダメね……」

ユキナは再度『火炎光線《ファイア・ビーム》』を放ち、二度の攻撃でサラマンダーを仕留めたのだった。

「サラマンダー相手に二発……これがどうにかなると思う？」

ユキナが心配そうに尋ねてくる。

俺はニッと微笑んだ。

一連の流れを見たところ威力がまだ足りていないが、全体的に悪くない。

ユキナは単純な威力が低いだけのことで自分を過小評価していただけにすぎないようだ。

「ユキナ、自分を卑下《ひげ》する必要はないぞ。めちゃくちゃ才能がある」

「そ、それって本当なの……？」

「本当ですよ！　アルスの言葉は絶対です！」

「シルフィもパパの言う通りだと思うの～」

セリアとシルフィはよくわかっているようだ。

俺はつまらない嘘はつかない。

「ああ。この後すぐにでも実感できるようにしてやろう」

◇

「この辺がちょうど良さそうだな」

近くにいたサラマンダーは俺の『地獄の紅焔《ヘル・プロミネンス》』を恐れて逃げてしまったので、俺たちは魔物がいる場所まで移動した。

「さっきのユキナの魔法『火炎光線《ファイア・ビーム》』だけど、これはまだまだ改良の余地があるんだ」

「改良？」

「一般的に魔法の上達というのは、ただひたすらに練習をして強くなったらより強く……っていう風に練習を重ねるだろ？」

「そうね」

「魔法は使えば使うほど魔力の質が上がるし、練習をした魔法自体も洗練されたものになっていく。体に覚えさせるって意味で理に適《かな》ったやり方ではあるんだが、これとは別にコツがあるんだ。まあ、見ていてくれ」

そう言いながら、さっきのユキナが使った魔法と同じくらいの魔力を練る。

付与魔法を使わない範囲で精密に魔法を組み立て、『火炎光線《ファイア・ビーム》』を発動した。

俺の手元から火球《ファイア・ボール》がサラマンダーに向けて直線状に伸びていき、着弾。

光線が触れた部分が大爆発を起こした――

ドガガガアアアンンンッッ――!!

ユキナの攻撃の三倍程度の攻撃力があっただろう。

サラマンダーはほぼ溶けてなくなってしまっていたが、硬質な爪だけは残っていた。

「とまあ、こんな感じだ。念のため言っておくが、さっきの攻撃は魔力の質や量はユキナと同じくらいに合わせた。だから、単純なテクニックの差だと思ってくれればいい」

「う、嘘……テクニックだけであれほどの差が出るというの……!?」

「俺はつまらない嘘は言わない。そう、テクニックだけで差が出るんだ。それを教えようと思う」

俺は討伐証明用に爪を拾い、アイテムスロットに収納しておく。

それから、ユキナの方を向いた。

「まず、『火炎光線《ファイア・ビーム》』って魔法は火炎魔法と光線魔法を組み合わせた魔法だよな？」

「ええ、基本魔法以外は全てなんらかの魔法の組み合わせではあるわね」

基本魔法とは、初級魔法とも言い換えられる。『火創造《クリエイト・ファイア》』などが代表的だが、応用魔法――つまり、中級以上の魔法は全て基本魔法の組み合わせでできている。

「その連結がより強ければ、魔力から変換されるエネルギーは無駄なく使えるようになるだろ？　それをしているだけなんだ」

「そ、そんなことができてしまうの……？　魔法を繋げるときに無駄になってしまう魔力は諦めるものというのが常識だと思うのだけれど……」

「そんな常識、誰が決めたんだ？　俺には俺の常識がある。無駄になる魔力は極限まで減らすってのが俺の常識だ」

「……な、なるほど」

まずはユキナの中の常識を覆したところで、実践編へ入っていくとしよう。

「それで無駄なく魔力を使う方法だが……技術的には簡単な魔法を使っている。それは、魔法同士を連結させる魔法を組み込むんだ」

「別の魔法を使って、基礎魔法同士を繋ぐということ……？　でも、それだと単純に使う魔法が増えるだけで消費魔力の無駄を削減することに繋がらない気がするけど……」

「当然使う魔法が増えるから消費魔力は増えるんだが、連結魔法はめちゃくちゃ小さな魔力で済むから、負担にはならない。全体で見れば無駄を省ける」

「そんなに小さくて済むのね。……あれ？」

ユキナは顎に手を当て、何かを思い出すような仕草をした。

しかし、思い出せないようだ。

「どうしたんだ？」

「基礎魔法の組み合わせが応用魔法なのよね？」

「その通りだ」

「基礎魔法というのは、例えば『火創造《クリエイト・ファイア》』なら火を生み出すという一つだけの性質を指すと定義されていたはず。だから初級魔法の『火球《ファイア・ボール》』なら『火創造《クリエイト・ファイア》』と『形状変化』と『投擲《とうてき》』の三種類も組み合わせないと実現できない」

「ああ、それで合ってる。付け加えるなら、『火球《ファイア・ボール》』って魔法は三種類の基礎魔法を組み合わせた魔法をそう呼んでるだけだが」

初めから火球《ファイア・ボール》という魔法のパッケージが存在したわけではなく、あくまでも魔法を使う人間が自然界の法則を利用して別の利用法を発明したにすぎない。

「じゃあ、『基礎魔法を連結させる』一つの性質しかない連結魔法は基礎魔法じゃないとおかしいわ。でも、そんな基礎魔法あったかしら……？」

なるほど、ユキナが疑問に思うのも無理はないな。

おそらくこの世界のどこを見ても基礎魔法の書物に連結魔法を載せたものはないだろう。

なぜなら――

「そりゃあ、俺が創った基礎魔法だからな。ユキナは知らないだろう」

「……っ、創った!?　アルスが!?」

「ま、まあ創ったというと語弊があるが、俺が見つけたものだ。ちょうど都合が良かったからな」

あれ？

俺、なんか変なこと言ったかな？

勇者パーティ時代に、パーティを支えるために莫大な魔力を必要とした。

しかし魔力量がまだ少なかった頃は、限りある魔力量でどうにかやりくりするしかなかった。

当初は魔力を節約するためにこの連結魔法を研究したのだが、それを転用することで魔法の威力自体を引き上げることができるようになったというわけだ。

必要だったから創ったというだけで、人類の歴史から見てもそれほどおかしなことをしているつもりはないのだが……。

「し、信じられない……けど、アルスが言うなら、もう納得するしかないわね」

「難しい話でよくわからないですけど、アルスがすごいのだけは確かです！」

「パパすごいの〜！」

セリアは攻撃魔法を使わないため知らなくても今のところ困ることもないだろう。

とはいえ、攻撃魔法に対する対策も必要になるだろうし、知識くらいは将来的に持っていてほしいところだな。

それにしても、なぜかまた変なところで俺の評価が上がってしまったようだ。

俺は単にユキナに今すぐできる攻撃魔法のテクニックを教えているだけにすぎないのだが……。

「まあ、理屈はこの辺にして実際にやってみようか」

俺は地面に人体を模した図を描き、ユキナに説明する。

「まずは既存の魔法学を忘れて、人間の体を機械に見立てよう」

「機械？」

「ああ、例としては時計をイメージしてほしい。魔力をモノに溜め込むことは今のところできないと言われているから、魔法を使ってゼンマイを巻き上げるだろ？　巻いた後は時計の中の歯車が動き、針を動かす。そんな風に人間の体も精巧な道具に見立てると理解がしやすい」

基礎魔法の一つである火球《ファイア・ボール》を発動し、手のひらの上に火を呼び出す。初級魔法である『火球《ファイア・ボール》』ですらない、ただの火である。

「これはただの火だが、体の中の魔力が魔法に変換されているんだ。そこには法則がある」

「気にしたこともなかったわ」

「そうだろうな」

こんなことをわざわざ探究する暇人《ひまじん》も俺くらいのものだろう。

これを調べることで魔力消費を抑えたり、強い魔法が使えたりするようになるとは思っていなかった。

結果的に応用できたというだけの話だ。

「体内の魔力回路を魔力が流れるか、流れないか。実はこの組み合わせだけで全ての魔法は成立しているんだ」

「ちょっとピンとこないけど……」

「ユキナも集中すればわかるはずだ。魔法を使うときは無意識に必ずやってるからな」

ユキナは俺と同じように『火創造《クリエイト・ファイア》』により火を呼び出した。

最初はまだよくわからなかったようだが、何度も繰り返すうちに気付きがあったようだ。

「なるほど……確かに、言われてみれば……そうね」

「そこがわかれば話は早い。後は意図的に魔力回路に流れる魔法を操作すれば、理論上成立する魔法ならどんなものでも再現ができるはずだ」

全ては魔力が流れるか、流れないかの組み合わせ。

この組み合わせ以外で成立する魔法があるのかどうかはわからないが、少なくとも現在知られている全ての魔法はこれで説明ができる。

「どんなものでも……。もしかして、それって基礎魔法以外も？」

「その通りだ。応用魔法は基礎魔法の組み合わせでしかないから、当然応用魔法でも同じことが言える」

「ということは、魔法書を探す必要なんてないのかしら……」

ユキナの声のトーンがやや落ちた。

人生をかけて魔法書を探そうとしていたのに、急にこんな事実を知ってしまえばこうなるのも無理はない。

「その可能性もあるが、『蘇生魔法』ってのが気になるんだ。俺も昔その研究をしたんだが、蘇生魔法はどんな魔力の組み合わせでも成立しなかった」

「ということは、魔法書を集めれば蘇生魔法が使えるようになるという話は幻だったということなのかしら」

「そこまでは言えない。あくまでも魔力のオン・オフの組み合わせで再現することはできないってだけの話だ。別の要因があれば可能になるかもしれない。その意味で、魔法書を探すのは意義があることだと思うぞ」

「そ、そうなのね……！」

ユキナの顔に、やや元気が戻ったように見えた。

俺がユキナに説明したことはただの気休めではない。

古い歴史書には、今よりも進んだ古代文明があったと言われているのだ。

その証拠に現代の魔法学では再現できないような魔道具の遺物が発見されることもよくある。

今の俺たちが失ってしまった画期的な理論や技術があるとすれば、あながちユキナが探し求める魔法書の存在もありえない話ではないのだ。

「まあ、それはともかく。さっさと連結魔法を使えるようにしよう。めちゃくちゃシンプルだから、少し練習すればできるはずだ」

俺は人体を模した図の隣に、数字を書いていく。

魔力が流れる＝1、魔力が流れない＝0として数字を書き連ねていく。

「今後ちゃんと理解しなくちゃ使いこなせないが、まずはこの順番で魔力を操作してみてくれ」

「ええ、頑張ってみるわ」

それからユキナは魔力の操作ができるようになるため、何度も練習を繰り返した。

初めてなので五～六時間はかかると見込んでいたのだが、ユキナはセンスがズバ抜けていた。練習開始からおよそ一時間――

「で、できたわ！　こういうことね？」

「流石だな……。これほどの短時間で使えるようになるとは。完璧に俺が教えた通りにコピーできてる」

ユキナは感覚を掴むのが早く、俺の想定以上に早く連結魔法を使えるようになった。

まだ自由自在というわけにはいかないが、『火炎光線《ファイア・ビーム》』を使うことにおいてはなんの問題もないだろう。

「早速そこにいるサラマンダーで試してみよう」

俺は近くにいた魔物を指差す。

ユキナはスムーズに魔法を繰り出す。

「こんな感じよね！」

ユキナから『火炎光線《ファイア・ビーム》』が放たれ、さっきよりも勢いよくサラマンダーに向けて飛んでいく。

そして、衝突の瞬間に大爆発が起こった。

ドガガガアアアアンンンッッ――――!!

俺がさっき放ったものと同等の威力。

爆風で粉塵が舞い、超高温によりサラマンダーは爪を残して溶けてしまった。

「よくできたな。完璧だ」

「ほ、本当に私にもできるなんて……！」

ユキナは嬉しそうに微笑む反面、まだ実感が持てていないようだった。

「ユキナすごいです！　まるでアルスみたいでした！」

「流石はパパが見込んだ女の子なだけある～」

「そ、そうかしら……？」

セリアとシルフィも素直にユキナを称えたことで、ようやくこれが夢でも幻でもなく、現実であることを受け入れたようだった。

「ユキナはお礼として俺たちの依頼を手伝ってくれるんだったよな？　この調子で、残りのサラマンダーも倒してくれるか？」

「ええ、任せて！」

ユキナは元気よく返事し、俺が教えた魔法の練習に精を出したのだった。

それから三〇分ほどユキナに『お礼』と称した魔法の訓練をさせ、その過程でユキナは依頼分のサラマンダーを倒しきった。

◇

ベルガルム村への帰り道。

夕焼けが差し込み、辺りはやや暗くなっていた。

「アルス、いえ……みんな、ちょっといいかしら」

「ん？」

「どうしたのですか？」

返事をしたのはセリアと俺の二人だが、俺の肩で寝ていたシルフィも目を覚ました。

「もしよかったらなのだけれど、アルスたちのパーティに私を入れてくれるって話、お願いしてもいいかしら……？」

今日ここに来た目的は、ユキナの懸念を払拭してもらうためだった。

自分の目で見たことで俺たちを信頼してくれたのだろう。

「当然じゃないですか〜っ！　改めてよろしくお願いしますね！」

セリアがユキナの手を握り、笑顔を向けた。

「ユキナも新しいママになるんだね〜」

シルフィも受け入れてくれている様子だ。

まあ、あまり人間に興味がなさそうなのでどちらでもいいのかもしれないが。

「アルスもいいですよね？」

「当然だ。歓迎するよ、ユキナ」

俺がそう返事をすると、ユキナは肩の力が抜けたようだった。

「よ、よかった……。私、このパーティに貢献できるよう頑張るから！」

真っ直ぐやる気に満ちた瞳を向けてくるユキナ。

この様子なら、俺が求めている以上に活躍をしてくれることだろう。

「ああ、期待してるよ」

◇

ギルドに到着したので、早速依頼の報告をすることにする。

受付のカウンターにサラマンダーの討伐証明部位を乗せた。

「あれ？　今回は牙だけですか。珍しいですね」

「今日は全部を持ち帰るのが難しかったんだ」

魔鳥狩りをしたときにも討伐証明部位のみの持ち帰りだったのだが、そのときは空を飛ぶ魔物を無傷で仕留めるのは難しいと説明したような覚えがある。

基本的には素材も換金のために今朝のゴーレムのように持ち帰ることが多いので、珍しいと感じさせたのだろう。

「ユキナに魔法を教えるついでに依頼をこなしたから、手加減して素材を残しておく余裕がなかったんだ」

「なるほど……アルスさんらしい理由ですね」

そんな会話をしながら、受付嬢はいつも通り手続きを済ませてくれた。

ギルドカードが返される。

「今回はギルドポイント一五〇ポイントの加算です！　ご確認ください。あと、こちら今回の報酬です」

「ありがとう」

ギルドポイントの欄を確認すると、『150／1000』となっていた。

この数字が一〇〇〇に到達するとCランク冒険者にランクアップできるのだろう。

思ったよりも冒険者というのはすぐにランクアップできるんだな……と一瞬思ったが、今回のサラマンダー討伐依頼も実はDランクの中では高難易度だったことを思い出す。

普通はもっと時間がかかることなのだろう。

「あ、それとパーティメンバーを一人追加したいんだが、手続きをしてもらえるか？」

冒険者ギルド所属のパーティは、基本的にパーティメンバーが脱退したり、逆に新たに加わったりする際には冒険者ギルドに届け出ることが常識になっている。

必ずしも届け出なければならないわけではないし、罰則はない。

しかし手続きし、ギルド側がパーティ構成を把握していたほうが信頼される組織になる。

ギルド側から信頼されれば、おいしい依頼を紹介されたりなどのメリットもあるようなので、何かやましいことがなければやっておくに越したことはないだろう。

「パーティメンバーを追加……もしかしてですが、新たに加わるのは……」

「ああ、ユキナだ」

「で、ですよね……！　驚きました……。まさか頑なにパーティ入りを拒んでいたユキナさんがパーティに加わるなんて……。セリアさんのときもそうでしたが、アルスさんはただ強いだけでなく、人を惹きつける力もすごいのでしょうか」

「いや、そんな大それたもんじゃないけどな？」

どうやら受付嬢に変な誤解をさせてしまったらしい。

俺は何も特別なことはしていないのだが……やれやれ、どうしたものか。

「ではこちらで処理しておきますね！」

「書類とかはいいのか？」

「ええ。本当は要るのですがアルスさんたちにお手間をかけさせるのもアレですし、こちらで書き込んでおきますね。次いらっしゃったときに控えをお渡しします」

「そうだったのか。助かるよ」

それにしても、だんだんと扱いが良くなっている気がするのは気のせいだろうか？

実力以上の評価を受けている気がしてならない。

まあ、俺たちには好都合なのでどうでもいいことか。

◇

ギルドを出た後、冒険者ギルドの近くにある食堂で夕食を済ませた。

あとは寝るだけなのだが、そういえば、ふと気になったことがあった。

「そろそろ宿に戻ろうと思うんだが、ユキナはどの宿に泊まってるんだ？」

「私は、今朝お金が足りなくて更新できなかったの。荷物だけ預かってもらってはいるけど……。だから、どこの宿にも泊まっていない状況ね」

「そうだったのか。それなら、俺たちが泊まってる部屋に来るか？」

「いいの？　……っていうか、セリアと同じ部屋に泊まっているの？」

「ああ、セリアの強い要望でな。お金の面でも節約になってる」

「そ、そう……。でも、泊めてもらえるのは助かるわ。お願いできるかしら」

何か言いたげな様子だったが、受け入れているということは問題ないのだろう。

「ちょっと狭いですけど、部屋が同じほうが楽しいですしね！　私も歓迎です！」

ということで、話がまとまった。

まずは残してきたという荷物を取りにユキナが泊まっていた宿に向かう。

路地裏を横切ろうとしたときだった――

「おい、お前がアルス・フォルレーゼか？」

暗闇から突然、黒ずくめの男たちが三人出てきたのだった。

「誰でしょうか？」

「アルスの知り合い？」

二人はこの三人の男たちを初めて見たような様子。

シルフィは聞くまでもないだろう。

ちなみにだが、俺も初対面なので知り合いなどではない。

「俺がアルスだが……お前ら何者だ？」

そう返事をすると、黒ずくめの三人衆はニヤッと口角を上げた。

「我々のビジネスを脅かす不届き者は何人たりとも許さん！　かかれ！」

「「うおおおお——!!」」

……!?

議論の余地もなく、三人は一斉に攻撃態勢に入った。

俺はアイテムスロットから剣を取り出し、構えたのだが——

「ア、アルス……！　捕まってしまいました！」

「こんなことして何が狙いなの!?」

なぜか俺を攻撃するのではなく、二人の男はそれぞれセリアとユキナに剣を突きつけていた。

とはいうものの、この三人衆から感じられる魔力の大きさはかなり小さい。

セリアとユキナが後れをとるとは思えないし、滑稽《こっけい》というほかなかったのだが……。

「大人しくしろ!!　おい、アルス・フォルレーゼ。お前の仲間に痛い思いをさせたくなかったら、両手を上げてこっちに来い」

「わ、わかった。これでいいか？」

何が狙いなのかわからないが、ひとまず要求に応じて様子を見るとしよう。

俺は両手を上げ、近付いていく。

「そうそう、それでいい」

何が狙いなのかいまいち掴めない。

「お前らは何者なんだ？　なんで俺たちを襲うんだ？」

気になっていたことを質問した。

男はナイフを俺に向けつつ、口を開いた。

「本気でわかっていないとは……ただのバカだったか。いいだろう、教えてやる」

初対面の人間に向かってバカなどと言うやつの知能こそ推して知るべしだが、ここで突っかかっても仕方がない。

俺は黙って次の言葉を待った。

「昨日お前たちは我々のビジネスの邪魔をした。つまりその報復というわけだ」

「昨日？　ビジネス？　なんのことだ？」

「ギルドカードを売らせていたガキを連れてギルドに垂れ込みやがっただろうが！」

「ああ、あれのことか」

確かに昨日、誰と勘違いをしたのか知らないが闇商人に路地裏に連れ込まれた。

その少年をギルドに連れて行き、大量のギルドカードを届けたっけ。

「それがどうかしたのか？」

「貴様は知らんかもしれんが、あのガキは我々の駒として働かせていた。この際あのガキはどうでもいいが、貴様に届け出られたことで我々は巨額の損害を出したのだ」

なるほど。

確かに、この男の言う通りなら納得がいく点は多い。

あの少年一人でどうやって最初の資金を集めたのか。違法な闇商売をそこそこの規模でしていたにもかかわらず、なぜ儲かっていなかったのか。

この辺りが疑問ではあった。

「巨額の損害を出したのは気の毒だが、後ろ暗い仕事をしているなら覚悟しておくべきなんじゃないのか？　逆恨み以外の何物でもない気がするんだが……？」

「こ、この期《ご》に及んで貴様……いい度胸だな」

男のこめかみの青筋がピクピクと痙攣《けいれん》する。

「大人しくしていれば貴様だけちょっと痛い思いをさせるだけで済ませてやるつもりだったが……もう容赦しねえ！　お前ら、やれ！」

「「うぃっす！」」

指示を出された二人の男が元気よく返事をし、セリアとユキナにそれぞれ殴りかかった。

しかし——

「ぐはっ！」

「ぐへっ！」

当然の如くセリアとユキナは男たちの拳を避け、逆に反撃に転じたのだった。

まさか反撃されることはないとでも思っていたのだろうか。

殴られた男たち二人は状況を飲み込めていないようである。

「アルス、どうして助けてくれなかったのですか!?」

「ん、自力でなんとかできるだろうと思ったから手を出さなかったんだが、問題あったか？」

「問題はありませんけど……」

「そういうことではないと思うのよね……」

なぜかセリアとユキナの二人は不満がありそうだった。

俺の目論見《もくろみ》通りなんの問題もなかったので特に何か言われる筋合いはないと思うのだが、助けたほうがよかったのだろうか？

と、それはともかく。

「それで、何を容赦しないんだ？」

「……くっ、こんなはずじゃなかった……」

形勢逆転。

俺の目の前にいる三人衆のリーダー格は、かなり狼狽《ろうばい》しているようだった。

さっきまでの勢いはどこへやら。

後退《あとずさ》り、周りをキョロキョロと見ている。

「それにしても、闇商人に元締めがいたとはな」

そう言いながら、俺は三人の男たちの腕を縄で縛った。

足を縛ってしまうと移動させるのが面倒なのでそのままにしてある。

「た、頼む……ここは見逃してくれ！」

涙目でそんなことを言ってきた。

自分たちが置かれた状況をようやく理解したようである。

「どの面下《つらさ》げて言ってるんだ？　お前たちは人気《ひとけ》のない場所で俺たちを待ち伏せ、いきなり襲った。しかも無意味ではあったが、セリアとユキナを人質に取った。度が過ぎている」

こいつらにもう少しマシな実力があれば危なかったかもしれない。

ギルドカードの件を無視したとしても、このまま放っておけないだろう。

「セリア、ユキナ。今日はもうギルドが閉まってるから、その辺を見回ってる衛兵を呼んできてくれるか？」

「わかりました～！」

「わかったわ」

俺の指示を聞いた二人が、衛兵を探しにいく。

「二度と襲わない！　か、金だって言い値で払う！　だから……！」

「お前たちはそう言われたら信じるのか？」

「……っ！　そ、それはだな……」

この手の人間の言葉はまったく信用できない。

まあ、信用できたとしても子供を使って汚い金を稼いでいた連中をこのまま放っておくのは気分が悪いということもある。

何を言われても俺の気が変わることはなかっただろう。

それからほどなくして衛兵が来たので、後の処理は任せて俺たちは宿に帰ったのだった。

第六章　異変

闇商人の元締めたちを衛兵に突き出した後、俺たちはユキナを連れて宿に戻った。

「流石に三人となると、ちょっと手狭に感じるな」

元々ここはセリアが一人で借りていた部屋。

ベッドが一つしかないこの部屋に俺が転がり込み二人で過ごすようになった。

シルフィは小さいので無視できるとして、二人でギリギリだったところにユキナも加わるとなると流石にもう少し広い部屋が欲しくなる。

「そろそろ別の部屋を借りたほうがいいかもしれませんね」

「そうだな」

ユキナが新たにパーティに加わることがなかったとしても新しい部屋を借りるべきではあったのだが、武器の新調を優先してお金を使い果たしてしまった。

結果としては新しい武器のおかげで早期に資金に余裕がある状態に持ってくることができたのだが、今日一晩はこの部屋に泊まるしかない。

まあ、俺としては雨風を凌げるちゃんとした部屋で過ごせるのであれば、一晩くらいなんの不満もない。

「おっと、そうだ。報酬の分配をしておかなくちゃな」

俺はアイテムスロットに収納しておいた今日の報酬を取り出した。

今日の報酬は、総額で一五万ジュエル。

魔物の素材を丸ごと持ち帰れなかったのでやや少なめだが、流石にDランク依頼でも高難易度のものとなると依頼報酬だけでもそれなりの金額になるらしい。

もっとも、一人前の冒険者と言われるのはCランク以上の冒険者だから、冒険者の稼ぎとしてはまだ少ないほうなのかもしれない。

とはいえ、俺たちのパーティ『インフィニティ』の人数を考えれば一人当たりの収入は十分に高いと言えるだろう。

「どうしたのですか？」

俺が今日の報酬である一五万ジュエルを眺めていると、セリアが尋ねてきた。

「パーティメンバーの数が増えてくると、報酬の分配についてもちゃんと決めておかなくちゃいけないと思ってな」

「あ～、確かに……そうですね！」

これまでは俺とセリアと二人だけのパーティだったのであまり深く考えていなかったが、金銭面はトラブルの元になる。

「普通は依頼ごとの貢献度に応じて分配するものよね？」

「そうなんだが……貢献度って基準が難しいんだよな」

魔物に与えたダメージ量を基準にするならアタッカーだけが有利になってしまう。

誰の目にも触れないところでパーティを支えていることだって大いにあるのだ。

それに、これから更にメンバーが増えた際にすぐには活躍できない人材もいるかもしれない。

そのときに貢献していないから報酬はなし……としてしまうと育たなくなってしまう。

なるべく公平かつ優れた仕組みにするには——

「まずはパーティの取り分を一割引いて、残ったものを均等に人数で分けることにしよう」

「パーティの取り分……ですか？」

「ああ。報酬の一部を誰でもなく、パーティが持つんだ。諸々の経費はここから出せば手間が少ないし、フレキシブルに使いやすい」

育てる必要がある人材がいるのなら、パーティに貯めた分から支出するということもできる。

複雑にならず、かつなるべく公平感がある設計になったのではなかろうか。

——と、思ったのだが。

「それだとアルスが損してない？」

「そうですよ！　アルスが一番活躍してるのに均等にするのはなんか悪いです……」

なぜか、二人から猛反対を受けてしまった。

とはいえ、俺が現時点で多少の損になることは承知の上の設計である。

「そう思うなら、二人が強くなって平等になるように成長してくれ。俺はこれでなんの問題もないと思ってる」

そう、現時点では俺がパーティ内で突出して強いので均等分配にすると不公平感が生まれてしまうが、セリアとユキナが成長して戦力が拮抗するようになりさえすれば問題は解決するのだ。

「なるほど、アルスからのメッセージってわけね」

「そういう言い方をされたら頑張るしかなくなっちゃいます……！」

なお、均等分配にしたとしても手取りとしては勇者パーティ時代よりかなり多いので、本当に不満はない。これをモチベーションに二人が頑張ってくれるなら一石二鳥ってところだ。

◇

約束の割合で今日の報酬を分配した後、三人で食堂へ向かった。

シルフィは俺たち以外の人間がいる場所では精霊界に隠れてしまうため、一緒には食べられない。持ち帰りもできるので、何かお土産を持って帰るとしよう。

人間のように食べ物から栄養を摂る必要はないらしいが、気持ちの問題である。

「アルス、今日は何を食べますか？　って、あれ？」

食堂の前に着くなり、セリアが不思議そうな顔を浮かべた。

「どうしたの？　え、営業終了!?」

『食材不足のため、今日の営業を終了します』と書かれた紙が扉に貼られていた。

「え、でもまだ一八時ですよね!?」

「……まあ、仕方ない。たまにはこういうこともあるんだろう」

夕食を食べられないのは残念だが、ご飯を食べられる店はここだけというわけではない。

「どこか他の店に……おっと」

言っていると、店内から扉が開いた。

「おお、アルスさん方《がた》でしたか。いやあ、ご不便おかけしますな」

この前、冒険者に絡まれていた責任者のコックが出てくるなり、頭を下げた。同時に、店内からのツンとした強烈な腐敗臭が鼻をついた。

「……何かあったのか？」

「実は在庫の食材が急に全て腐ってしまったんですわ」

「腐った……？」

「ええ、普通はありえないんですが……肉も野菜も全部ダメになっちまって。他所も大変なことになってるみたいで今日の午後から騒ぎになっているんですわ」

俺たちはさっき村に戻ってきたばかりだったので騒ぎになっていることには気付かなかったが、どうやらそうだったらしい。

「ちょっと見せてもらってもいいか？」

「ええ、構いませんが……」

誰もいない店内をコックの誘導で進んでいき、貯蔵庫に着いた。

貯蔵庫はかなり広く、冷凍と冷蔵と常温に分けられており、普段からしっかりと管理されていることが伝わってくる。

しかし、常温の保管場所はもちろん、冷凍と冷蔵も全ての食材が朽ち果てていた。

「ひどいな。今日腐ったってレベルの腐敗じゃないぞ……」

例えば、冷凍されていた牛肉。

普通『腐っている』と言われてイメージするのは少し茶色く変色している程度のものだが、目の前には黒く変色した物体があった。

ざっと、一週間分の食料が全て無駄になってしまったといったところか。

「この通り、どうしようもないですわ。明日には緊急で隣の村から届いた食料が配給されるらしいんで、お客さんが飢えて死ぬことはないと思うんですが……はあ」

一食くらい食べなくても死ぬことはないが、それ以上に大量の食材の腐った姿を目にするのは精神的に堪えた。これはセリアとユキナの二人も同じだったようで。

「こ、これ全部捨てなきゃいけないんですよね……？」

「そりゃそうでしょ……もったいないけど」

と、残念そうに腐敗した食料を眺めていた。

「……まあ、でも必ずしも捨てなきゃいけないわけじゃないぞ」

「え？」

「どういうこと？」

セリアとユキナが俺の方を見た。

「少なくとも昼までは新鮮な状態だったんだから――」

と言いながら、『リペア』を使用する。

すると、一瞬のうちに腐った肉塊の一つが新鮮な赤い肉へと戻った。

「す、すごいです……！」

「こんなこともできるの!?」

そういえば、ユキナには付与魔法を応用したところを見せたのは初めてだったか。

「まあ、これが付与魔法の本来の使い方だ」

「聞いたことないけど!?」

と、そんなことはともかく。

リペア、リペア、リペア、リペア、リペア、リペア、リペア、リペア、リペア、リペア――

と繰り返すこと約一〇分。

「おおおお……!!　なんと！　す、全ての食材が元通りに……!!」

コックは感銘を受けたようだった。

ついでに腐敗臭に関しても『リペア』で元の状態に戻すことで消臭処理が済んでいる。

「いやはや、なんとお礼をすればいいか……」

「なら、何か美味いものを食わせてくれると助かる……」

急激な脱力感を覚えた俺は、フラッとしてしまう。

「だ、大丈夫ですか!?」

セリアに支えられながら、膝をついてしまう。

「魔力が底をついたんだ。食べて休めば明日には戻るから心配しないでくれ」

流石にこれだけの回数の付与魔法を繰り返すと魔力の消耗が激しい。

「アルスさん、回復の助けになりそうな美味い料理を準備しますんで！」

コックは調理場に復活した食材を持っていき、すぐに料理を始めたのだった。

それから、俺たち以外誰もいない食堂のスペースで待つこと数十分後。

「お待たせしました！　ゆっくり召し上がってください」

「おお、早いな。ありがとう」

魔力の回復に役立ちそうな肉料理や魚料理を中心に、色とりどりの新鮮な野菜をふんだんに使った特別料理がテーブルの上に並べられた。

「美味い！」

一仕事終えて腹が減っているのもあるが、いつも以上に美味しく感じる。

無理してでも直してよかった。

こうして夕食を予定通り（？）終え、シルフィのお土産を確保した俺たちは食堂を後にしたのだった。

◇

食堂から宿への帰り道。

「それにしても、村中の食料が一斉に腐ってしまうなんて……。悪いことの前触れじゃなければいいのだけど……」

ユキナが不安そうに呟いた。

「そうだな……」

魔力災害と呼ばれる、地中の龍脈を流れる魔力の暴走による天変地異が稀《まれ》に発生することがある。稀といっても王国内でのどこかでは一年に一度程度の頻度で起こりうるもの。

魔力災害の前兆として、暴走した自然の魔力が偶発的に魔法に変換されてしまい、普段ならあり得ないことが起こる現象があるのだ。

腐敗を進行させる魔法の構造自体はそれほど難しくないため、偶発的に起こっても不思議はない。無論、村一つ分の食材を腐らせるほどの魔力となると人間にとっては莫大だが、自然にとっては大した大きさではない。

とはいえ、こういった前兆があったからといって、必ず魔力災害が起こるわけではないので、何事もないことを祈るばかりである。

そんなことを思いながら歩いていたところ――

「よう、アルス。また女増やしたのか？」

「ん？」

どこかで聞いた声がしたので振り向く。

そこには、俺たちをまじまじと見つめるナルド率いる勇者一行がいた。

しかしこれまでとは違い、ナルドたち四人だけでなく見たことがない顔も一人いる。

声をかけてきたのはナルドだったらしい。

ナルドたちは串焼きにした魚をもぐもぐと美味そうに食べている。

「何を期待しているのか知らないが、パーティメンバーの性別がどうかみたいな低次元の世界で俺は生きていないぞ」

「っ！　……まあいい、これ何かわかるか？」

左手に持った串焼きの魚をひらひらして見せた。

「魚？　種類は知らんが」

「そうだ！　羨ましいか？」

「……？」

意味がわからず、俺は一瞬固まってしまった。

確かに焼き魚は美味しそうではあるが、さっき美味しい料理を食べたばかりなので羨ましいとは感じない。

というか、どこからその発想が生まれたのかピンとくるまで時間がかかってしまった。

「羨ましくはないが……そういや、村中の食材が腐って大変なことになってるのに、どこから持ってきたんだ？」

「ふははは！　そうか、羨ましいか！」

いやだから、羨ましくはないのだが。

……まあ、面倒だからもういいか。

「勇者ってのは特別な存在だからよォ、絞めてすぐに優先して配給されたんだぜ？」

「へえ、そうなのか」

俺たち人間などの生きている動物や根を張った植物が腐らなかったということから、あくまでも既に絞められた動物や収穫された野菜などの食材だけが腐ったことがわかる。

ゆえに、一斉に食材が腐った後に収穫した食べ物は無事ということになる。

「それで？」

「お前もこの前戻ってくれば飢えることもなかっただろうに残念だなあってな！」

「そ、そうか」

「あ、ちなみにだが……もう戻ってきたいと言っても遅いぜ？」

ドヤ顔でそう言うと、ナルドは勇者パーティ集団の中にいる金髪の少年に肩を回した。

「新しい付与魔法師をスカウトしたんだ。てめえより圧倒的に有能なんだぜ？」

「……そりゃよかったな」

なぜ俺に報告するのか理解に苦しむが、新しい勇者をスカウトするなら俺を追い出す必要は果たしてどこにあったのだろうか？

まあ、きっと行き当たりばったりで行動しているに過ぎないことは俺が一番よくわかっているので、わざわざ訊くようなことはしない。

「せいぜい復帰を断ったことを後悔しろ！　あばよ！」

そう言いながら、勇者一行は去っていったのだった。

一連の様子をポカーンと見ていたセリアとユキナ。

「ナルドって人、なんかよく絡んできますけどアルスのこと好きなんですかね？」

「それはないだろ」

「まあ、ですよね」

「っていうか、アルスって勇者アルスだったの!?」

「うん、まあ一応。追い出されたけどな」

そういえば、まだユキナには言ってなかったな。言う必要がなかったのと、言うタイミングがなかったからだが、パーティに加入した後は隠していたわけではない。

「追い出されって……こんなに強いのに？　呼び戻したかったみたいに聞こえたけど？」

「まあ、地味な貢献しかできてなかったせいでなかなか理解されなくてな。パーティを抜けてから重要性に気付いたみたいだ」

「一緒に戦っていればわかりそうなものだけど……」

「まあ、俺だって最初から今の力があったわけじゃない。毎日少しずつ成長していると変化に気付かないこともある。そういうことなんじゃないか？」

「そんなものかしら」

さて、ナルド率いる勇者パーティは新しい勇者を迎えたとのことらしいが、俺より有能ってのが本当ならいいんだがな。

俺は付与魔法使いの中でも、ユニークジョブの『付与魔術師』。

ユニークジョブという天賦の才に甘んじず、努力も積み重ねてきた。自画自賛するわけではないが、俺は現時点で世界でも上位の付与魔法使いだという自信がある。

あの少年がどれほどのものか……まあ、勇者は活躍すればすぐに噂になる。楽しみに待つことしよう。

第七章　ゲリラダンジョン

翌日。

食堂の営業が再開したという話は瞬く間に広まり、朝から大盛況になっていた。

なお、俺が解決したという話はしないようにコックにお願いしていたため、俺が注目される事態にはなっていない。

こんなお願いをした理由は二つ。

一つ目は、無駄に目立ちたくないから。

二つ目は、魔力量に限界があるため、全ての食材を復活させるのは無理だから。

俺が復活させたと噂になれば、村中の色々な方面から食材の復活をお願いされるかもしれない。頼まれても受けられないなら、知られないほうがいいだろう。

ということで、俺の手柄は知られていないはずなのだが――

「食堂の食材を復活したのってアルスさんですよね！」

朝食を済ませた後、いつも通り冒険者ギルドに入るなり、受付のギルド職員からいきなり質問に遭ってしまった。

「さ、さあな」

「違うって言わないってことは、やっぱりそうだったんですね！」

「……どうしてそう思う？」

「アルスさん以外にこんなことできませんよ」

なるほど、そういう考え方もあるのか。

このギルド職員の前で壊れた魔力測定用の水晶を直したことがある。俺ならできると思ってしまうのも無理はない。

「……まあ、だとしても黙っといてくれよ？」

「アルスさんがそう仰《おっしゃ》るなら秘密にしますけど、手柄を隠す冒険者なんて珍しいですね」

「まあ、目立つために冒険者になったわけじゃないからな」

ようやく質問から解放され、今日受ける依頼を物色しに掲示板の前へ。

「どれにしますか？」

「そうだな……」

順番に募集されている依頼を確認していく。

「なんか、今日は依頼が薄いな……」

いつもならボードいっぱいに依頼書が貼られているのだが、今日は数自体が少ない。

「昨日から魔力が乱れているせいで魔物の動きがいつもと違うのかも？」

ユキナが呟いた。

「多分それだな。仕方ない、今日は何か適当に――」

と依頼書を剥がそうとしたときだった。

ドオオオオオオオオォォォォォンンッッ!!

……!?

突如、耳を劈《つんざ》く轟音が鼓膜を響かせた。

「な、なんですか……!?　大きな音がしましたけど」

「外からみたいだけど……」

「見に行こう」

依頼書に伸ばしていた手を引っ込め、冒険者ギルドの外へ。

外では状況を確認しようと出てきた冒険者や村人でごった返していた。

見渡す限り、村の建物に損壊や火災などは見られない。隕石の類《たぐい》ではなさそうだ。

ここからでは村全体を見渡すことができないので何があったのかよくわからない。

そのとき、近くの建物の三階の窓から顔を出していた村人が叫んだ。

「ダ、ダンジョンだ！　なんてこった！」

村の中にダンジョン……!?

俺はジャンプして近くの建物の屋根に飛び乗った。

確かに、村の東に青色をした穴のようなダンジョンの入口『ポータル』が見える。

この世界では、魔素の渦により『ダンジョン』と呼ばれるものが自然発生することがある。

最近不安定だった龍脈を流れる魔力が地上に作用し、空気中に含まれる魔素を刺激して、渦を発生させる。その結果ダンジョンができた――といったところだろうか。

村の中で発生することは稀とはいえ、ダンジョンの発生自体は珍しいものではない。

しかし、このダンジョンは――

「……ゲリラダンジョンか」

ポータルの上には、『0d 2h 58m 48s』という表示。

あと二時間五八分以内にクリアできなければ、魔物がダンジョンの外に溢れ出すということを示している。

ダンジョン外に魔物が溢れるというのは、村の中に魔物が大量発生することを意味する。

俺の故郷――アルヒエル村に発生したものと同じタイプである。

一旦屋根を飛び降り、セリアとユキナのもとに戻る。

「ど、どうでしたか……？」

「……」

俺の深刻そうな表情を見た二人は、言葉で説明せずともすぐにゲリラダンジョン発生が本当のことだと確信したようだった。

「あと三時間弱でクリアしなきゃいけない」

「ど、どうしましょう……」

「六年前にゲリラダンジョンが発生したときは、最終的に村は壊滅……勇者や王都からの応援でのべ一万人が動員されてやっと鎮圧したのよね……」

これから、一～二時間以内に村の中で討伐隊が編制されるだろう。

超高難易度ダンジョンであることが予想されるため、参加すれば生きて帰れる保証はない。

「三時間あれば隣の村まで十分逃げられるな……」

「……え？」

俺の独り言が意外だったのか、セリアが驚く。

だが、もちろん俺が逃げるという意思表示ではない。

《ベルガルム村に緊急事態宣言が発令されました！　住民は直ちに避難を開始してください！》

村中に響き渡る避難命令が聞こえる中、俺は付与魔法の応用である『周辺探知』を使う。

普段は隠れた魔物を探す際に使う付与魔法だが、今回は人を見つけるために使う。

ベルガルム村全体を見渡し、全員に付与魔法『移動速度強化』を付与した。なお、『移動速度強化』はそれほど魔力を使わないので、俺の負担は小さい。

「これで安全に避難できるだろう」

「すご……みんなに付与したのね」

「なるほど、アルスが逃げるって意味じゃなかったんですね！」

「当たり前だろ。今回は『犠牲者ゼロ』を厳守だ」

六年前のゲリラダンジョンで俺の故郷は壊滅し、父さんも母さんも死んだ。

逃げるという選択肢は最初から存在しない。あのときのリベンジ……いや、復讐を果たすところこそが今の俺がすべきこと。

あのときの幼かった俺は何もできなかったが、今ならクリアできる自信がある。

「アルスさん！」

「ん？」

冒険者ギルドから急いで出てきたギルド職員に声をかけられた。

「もうご存知でしょうが、ゲリラダンジョンが発生したようです。討伐隊を編制しているところで……力を貸していただけないでしょうか」

ああ、なるほど。

「もちろんゲリラダンジョンには行く。だが、悪いが討伐隊には参加しない」

「参加しない……!?　で、では三人で……？」

「ああ」

「流石にアルスさんといえど無茶では……」

「即席の統率されていない集団では、人数だけ多くても足手纏いだ。連れていくのはセリアとユキナだけでいい」

あくまで俺は『犠牲者ゼロ』にこだわっている。誰が来るのか知らないが、流石に全員を守りながら戦える気はしない。

「そ、そうですか。……でしたら、お任せします」

ギルド職員は残念そうだったが、受け入れるしかないといった感じだった。

「さて、さっそく向かうぞ」

◇

ゲリラダンジョンの入口であるポータルの前には、既に十数名の冒険者が集まり準備をしていた。

特に何か声をかけることもなく俺たちは一直線でポータルに向かう。

そのときだった。

「おい、ちょっと待てよ」

背後から声をかけられたので振り向く。

声をかけてきたのは勇者パーティのリーダー、ナルドだった。

「なんだ？」

「てめえ、順番ってもんがあるだろ」

「……順番？」

「俺たちのほうが先に来た。討伐隊に入らねえなら、俺たちの後にしろ」

「……なんで？」

純粋に意図が汲《く》み取れないので質問したのだが、なぜかナルドの逆鱗《げきりん》に触れたようで――

「なんでじゃねえよっ！　手柄を横取りしようたってそうはいかねえって言ってんだ！」

確かに、超高難易度が予想されるゲリラダンジョンをクリアすれば、高い名声を得られるのかもしれない。無論、名声のために横取りしようなどという邪《よこしま》な考えはなかったのだが。

というか、あの程度の実力でクリアできると思っていることに驚きを禁じ得ない。

「手柄がどうとかを考えたことはない。話にならんな。それに先にいたと言っても、まだ討伐隊が集まるまでには時間がかかるだろう。待ってられない。先に行かせてもらうぞ」

「ふっざけんな！　くそ！　じゃあ、今すぐ入ればいいんだな!?」

「そんなことは一言も言ってないが……？」

なぜこいつは逆ギレしているのだろう……。

「おい、お前ら！　今すぐ出発だ！」

ナルドの急な予定変更には、流石に勇者パーティの間にもどよめきが起こった。

「えっ!?」

「で、でもまだほとんど集まってないんじゃ……？」

「流石に六人じゃ……」

「ま、まだ時間もあることだし……」

だが、ナルドは引っ込みがつかなくなったのか——

「うるせえ！　ついてこねえなら追放すっぞ！」

このように言い放ち、討伐隊の編制を待たずにダンジョンに入っていったのだった。

「行っちゃった……」

「勇者の人たち大丈夫でしょうか……？」

ユキナとセリアの二人も心配しているようだった。

「まあ、腐っても勇者だからな。クリアは無理だが、即死するほどではないさ」

俺は強化魔法を自分自身とセリア、ユキナの三人に付与していく。

それから、ゲリラダンジョンの情報について共有をするなど、準備を始めた。

◇

ゲリラダンジョンに侵入した勇者パーティは、さっそく苦戦を強《し》いられていた。

洞窟のような狭く、薄暗い空間で彼らが侵入直後に遭遇したのは『バジリスク』。

人の大きさ程度の図体がある、トカゲのような見た目をした魔物である。

バジリスクはこのダンジョンの中では雑魚にすぎないのだが——

「ぐはっ！」

ドオオオオンンンッッ!!

最前線で剣を振るっていたナルドはバジリスクが振った尻尾に吹き飛ばされ、壁に激突した。

「うっそだろ……何も変わってねえ！　レオン、どういうことだ、てめえ！」

まったく歯が立たない状況はナルドには理解し難いものだった。新加入の付与魔法師、レオン・コレットに怒りをぶつけてしまう。

実は、レオンは加入したばかりであり一緒に戦うのは今回が初めてだった。ゲリラダンジョンの出現は予想外のことだったため、ぶっつけ本番の形になってしまったのだ。

実績・評判ともに優れた冒険者だっただけに信頼しきっていた勇者パーティだったが、一分と経たずにアルスの足下にも及ばないことはわかった。

「どういうことって、全力でやってますけど？　っていうか、強化魔法《バフ》はかけたので僕の仕事は九割果たしていると思いますが？」

付与魔法師に求められることは基本的に味方への強化魔法の付与である。効果が切れるまでは基本的に後方からの攻撃参加が求められる。

レオンは強化魔法の付与が終わった後は攻撃魔法の使い手として攻撃に参加していたので、サボっていたわけではない。

アルスのような弱体化魔法で敵にデバフをかけたり、味方が戦いやすいよう立ち回りを工夫したり、前線で敵の攻撃を止めるようなスタイルは他にいない。

「は？　アルスはもっと色々やってたぞ！　これじゃいてもいなくても変わんねーだろうが！」

「……と言われても困りますね。アルスさんがどんな勇者だったのか知らないですけど」

「困りますねじゃねーよ！　この野郎！」

レオンの胸ぐらを掴みにかかるナルド。

「お、落ち着けナルド。今は仲間割れしてる場合じゃない。これじゃ逃げるだけでギリだ。今は目の前の敵に集中しよう。な？」

ナルドと一緒に前線で戦っていた勇者の一人が宥《なだ》めた。

「ぐっ……そうだな」

だが、状況は好転しない。

ナルドが前線で削られながら、それ以外の勇者が集中砲火を仕掛ける作戦で攻撃を続けるものの、まったくダメージが蓄積していかない。

「ダメ、もう魔力が尽きそう……」

回復術師のクレイナが苦しそうに叫んだ。

前線のダメージ量が多すぎるため、常に回復し続けている状況。

早急に魔物を倒すか、撤退しなければパーティが全滅してしまう。

「く、くそ……！　仕方ない、ここは戦略的撤退……な、何だと!?」

いつもは強気なナルドも流石にこの状況では強行する発想にはならなかった。しかし、撤退を選んだものの——

「こんなときに二体目だと!?　これじゃ逃げられねえっ！」

ダンジョンの奥からやってきた二体目のバジリスクと遭遇してしまったのだった。

「ぐはっ」

「うがっ……」

「あああああ!!」

勇者たちはバジリスクの攻撃を受けて次々と戦闘不能に。

「もう、魔力ない。万策尽きた……」

最後に残ったのは、悲壮感漂うクレイナの絶望のみだった。

◇

「さて、そろそろだな」

ナルドたちが先にダンジョンに潜入して約一〇分。

待ちくたびれてきたので、ポータルに入ることにした。

「もう入るのですか？」

「勇者の人たち、また怒りそうだけど」

「べつにいいよ。順番ってのはあいつらが勝手に言ってただけだしな」

勝手に宣言して勝手に入っていったが、俺は何も約束していない。

それに、俺は『犠牲者ゼロ』を自分に誓っている。

犠牲の対象が裏切られた元仲間だとしても、それは変わらない。

あの五人でこのダンジョンをクリアできるはずがないのはわかっているので、なるべく早めに動いたほうがいいだろう。

「まあ、あいつらが死にたければ俺が止める権利も義務もないが、俺の代わりに入った新しい付与魔法師に責任はないしな。じゃ、行くぞ」

そう言い、俺はセリアとユキナの二人を連れてゲリラダンジョンに入った。

薄暗い洞窟のような空間だが、戦う上での視界は問題ない。

ダンジョンの構造は、共通して雑魚部屋とボス部屋に分かれていると言われている。雑魚を倒しつつボス部屋を目指し、最終的にダンジョンボスを倒せばクリアになる。

ダンジョンの中を進むこと十数秒。

「あ、魔物……って、勇者の人たちボロボロじゃないですか!?」

「あのバジリスクって、ボスではないのよね？」

勇者について詳しく知らない二人にとっては、勇者が雑魚相手に苦戦を強いられている姿は意外に映ったようだった。

「これならもうちょっと早く入ってもよかったかもな……」

俺が想像していたよりも勇者は弱かったらしい。

と、それはともかく。

まずは目の前の魔物の処理だ。

俺は、ボロボロの勇者パーティを囲む二体のバジリスクの方へ手を向けた。

今回は、近くにいる勇者たちを傷付けず、バジリスクだけを狙う付与魔法を使うことにする。

『火炎貫通弾《フレイム・バレット》』。

魔物をピンポイントで貫き、着弾した瞬間に爆発を起こす攻撃用の付与魔法だ。

バジリスクの頭を狙って発射後、一秒にも満たない時間が過ぎ——

ドゴオオオオンッッ!!

と、軽い爆発が起こった。

ドスンッ！　ドスンッ！

二体のバジリスクは同時に地面に崩れた。

「おおっ！　アルス流石です！」

「すごい……っていうかすごく綺麗な魔法ね！」

それから、勇者たちの方へ歩いて行く。

勇者たちは俺の攻撃に目を丸くしている。かなり驚いているようだった。

そういえば、俺が主役になって攻撃するのは初めて見せたかもな。

「ゴホッ……お前……アルス、こんなのできたのかよ……」

ナルドに声をかけられた。

「まあな」

「ど、どうして黙ってた……!?　こんなことできるってわかってりゃ……」

「言おうとしたら、止められたからな。『クビは決定事項だ』ってな」

「……こ、こんなのいきなりできるようになってるとか思わねえだろ！」

全ての基礎にあるものは付与魔法であり、俺の攻撃は付与魔法の応用なので、いきなりできるようになったわけではないのだが、そう見えるのも仕方がない。

「俺だって攻撃魔法に関してはずっとイメージトレーニングしかしてなかったからな」

魔法は理屈さえわかってしまえば、後は慣れにより感覚を研ぎ澄ませるだけ。慣らす作業は実際に魔法を使ってもいいし、頭の中で済ませてもいい。

頭の中で練習できれば魔力の制限がないため、一日の間にいくらでも練習できる。これにより膨大な種類の付与魔法の応用による魔法を極めることができた。

「イ、イメトレだけでこんなのできるようになるのかよ……」

ナルドを含め、五人の勇者は全員が信じられないと言いたげな表情をしていた。

「……ということで、もうわかっただろう。この先は俺たちが行く」

「……」

返事はなかったが、俺はセリアとユキナを連れて勇者たちを追い抜いた。

その直後。

「……アルス」

ナルドのボソッとした声が聞こえた。

「ん？」

「……頼んだぞ」

まさか、こんな言葉を聞くときが来るとはな。

自分たち勇者では力不足であり、俺たちに任せるほかないと悟ったのだろう。

「ああ、任せておけ」

俺はそう答え、ダンジョンを先に進んだ。

◇

たまに遭遇する魔物を処理しながら進むと、左右に分かれた扉がいくつもある通路に入った。

扉はスルーして直進する。

「扉を開けなくていいのですか？」

セリアは扉が気になるようで、そんなことを尋ねてきた。

「ああ、いいんだ。扉の先には大量の魔物がいる」

『周辺探知』により、扉を開かなくても中の状況はおおよそわかる。

扉の先の二五メートルプールほどの空間には約五〇体の魔物が犇《ひしめ》いているのだ。

「トラップもあるのね。間違って開けたら大変ね……」

「まあ、トラップというより――おっと、着いたな」

真っ直ぐ進むこと約五分で最奥に到着した。

最奥の壁には一箇所だけ大きな扉がついている。

扉には二〇個ほどの鍵穴形状の模様がデザインされていた。

「この奥にダンジョンボスがいるようだ」

「なるほど……心してかからなければいけませんね」

ダンジョンボスは雑魚とは比べ物にならないほど強い。

俺たちは、改めて気を引き締めた。

「あれ？　開かないわ」

扉を開けようとしたユキナが不思議そうに呟いた。

「そりゃそうだ。鍵がかかっているからな」

「も、もしかしてこの穴全部ってこと!?」

「みたいだな。多分、さっき通った通路の扉を開いた先に鍵がある」

「ということは、やっぱり魔物をたくさん倒さなければいけないということですか……」

セリアとユキナは来た道を引き返し始めた。

「何してるんだ？」

「鍵を取りに行かないといけないんですよね？」

「正攻法はな。俺たちは三人しかいないのにそんな面倒なことしてられるか」

「特別な方法があるのですか？」

「特別な方法はないが、この扉の先に確実にボスはいるんだ。ということはつまり――」

俺は、扉に手を向けた。

「こうすればいい」

『火球《ファイア・ボール》』。

ドゴオオオオオオオオオオオオンッッ!!

火の玉を堅牢《けんろう》な扉に発射し、爆発。粉砕することに成功した。

何重の鍵で守られていても、鍵自体を壊せばセキュリティは無意味。この世界の常識である。

「えええええええええ!?」

「お、思ったより力業《わざ》でなんとかするのね……」

ともあれ、道は開かれた。

扉の先には、燃えるような赤色の巨大ドラゴンが俺たちを見下ろしていた。

「俺が引きつけるから、セリアはドラゴンの背後をとってくれ。そしてユキナはセリアのサポートを頼む」

二人が頷いたことを確認した後、俺はドラゴンの前に飛び出した。

できればセリアにドラゴンからの攻撃を捌いてほしかったが、まだ力不足。今後の伸び代といったところだ。

ドオオオンン!!

翼で浮遊していたドラゴンが着地すると同時に、メラメラと燃えるブレスが飛んでくる。

俺は、飛んできたブレスを走りながら斬り、そのままの勢いでドラゴンの後ろへ。

ドラゴンが俺の方を向いたことで、セリアたちが背後を取れることとなった。

二人の背後からの攻撃を悟られないよう、俺はドラゴンに攻撃を仕掛ける。

まずは、軽くジャブ程度で様子見だ。

『火炎貫通弾《フレイム・バレット》』。

翼に向けてプスプスと攻撃を仕掛ける。

しかし、雑魚では着弾場所を貫通できても、硬いドラゴンの皮膚は貫けなかったらしい。

パンッ　パンッ　パンッ――――!!

もちろん、爆発によるダメージも大して与えられていない。

「なるほど、こんな感じか」

だいたいのドラゴンの力量を把握したところで、

「アルス、行きます！」

裏から迫っていたセリアの剣がドラゴンを斬った。

不意打ちということもあり、さっきの俺の攻撃に比べれば有効なダメージになったようだが、ドラゴンに怯んだ様子は見られない。

「いいぞ、セリア。急いで下がれ」

「は、はい！」

セリアが下がる際、ユキナがドラゴンの頭に遠距離から魔法による攻撃を仕掛ける。

有効なダメージにはならないが、多少の目眩《めくらま》しにはなるので、セリアが逃げる余裕が生まれる。

そして俺が狙っていたのは、この先だ。

ドラゴンは魔物の中でも比較的知能が高いと言われている。

そのため、攻撃を受けた際は最も危険な冒険者をターゲットにする。

さっきまではブレスを防ぎ、一気に後ろに回り込んだ俺に対してターゲット対象としていたドラゴンだったが、背後から強力な剣戟を繰り出したセリアにターゲットを変更したようだ。

——狙い通り。

硬い皮膚で覆われているドラゴンだが、基本的には全ての皮膚が硬いわけではない。

硬いことは、メリットである反面、可動域が少ないというデメリットも存在する。

ということは、可動域に関しては通常よりも柔らかいはずだ。

それは当の本人がわかっているはずで、弱点をそう簡単には狙えない。

だが、フリーになった今ならピンポイントでそこを狙える。

ガラ空《あ》きになったドラゴンの背後を取り、剣でドラゴンの首を一閃。

ザアアアアアンンンッッ——！

斬られたドラゴンの首はドンッと地面に落下し、動かなくなった。

同時に、ダンジョンクリアを示す出口ポータルが出現したのだった。

「お、終わったのですか？」

「ああ」

「さ、流石はアルスです……！」

「ほんと、一瞬だったわね」

「まあ、安全に早く倒せたのは二人のおかげだけどな」

ピンときていない二人だが、確実に一人で相手にするより楽に攻略できた。

正直に言えば、今回は二人がいなくても俺一人でどうにかなったかもしれない。

だが、これから更なる強敵を相手にするとき、俺一人ではどうにもならないときに二人の力があれば打開できるかもしれない。

――そんな可能性を感じさせてくれた一件だった。

エピローグ

ダンジョンから出た後、村人がいない村を歩いて宿へ戻る。

「パパとセリアママとユキナママお疲れ様。やったね！」

普段、人がいる場所では精霊界に消えてしまうため出てこないシルフィが気持ち良さそうに村を飛び回っていた。

ゲリラダンジョンの出現は村人にとって大迷惑な事故だったが、シルフィにとっては特別な日になったのかもしれない。

「わあ！　パパ、お店ガラ空き。今ならなんでも盗み放題だね？」

「盗まねーよ……」

真顔でこんなことを言うのだから、見た目は子供のようでも、やはり子供ではないんだな。

「でも、ママのハートはしっかり盗んでるよね！」

「誰が上手いこと言えと……って、セリアはともかくユキナは違うだろ」

セリアは勇者アルスに助けられた経験から俺を好きになってしまったと聞いているが、ユキナとは利害が一致してパーティを組んでいるにすぎない。

シルフィが単にママと呼ぶとどちらかわからなくて困る。

「えー、でもユキナママとも手繋いでる！」

「勘違いするな。これは疲労回復のために密着させて付与魔法をかけたほうが効率がいいからやってるのであってだな」

「でも、ユキナママの顔赤いよ？」

「ん、確かにそうだな」

改めてユキナの顔を確認すると、確かに頬が少し赤くなっていた。

「熱があるのか？　体調が悪そうなら——」

「大丈夫。大丈夫だから！」

「そ、そうか。ならいいんだが」

このように、今の素っ気ない対応からもユキナは俺のことをなんとも思っていないことがはっきりわかる。

「アルスって鈍感ですよね」

「ん、どこがだ？」

「そういうところです」

……はて？

どうやら、俺以外の三人は意味がわかるようだが、俺にはよくわからなかった。

確かに、はっきりと言ってくれないとなかなか察するのは難しいところはあるが、みんな等しくそんなものだろう？

まあ、そんなことはともかく。

因縁があったゲリラダンジョンの攻略を一人の犠牲者も出さず成功したことには、俺にとって一つ次のステージに進んだ感覚がある。

改めて確認しておこう。

俺の野望は、魔王を倒して魔素の発生を止めること。それにより平和を取り戻すことだ。

今回は村にも人にも犠牲は出なかったが、村人たちは不安を感じながら避難を強いられた。

ゲリラダンジョン攻略のため集まった勇気ある冒険者たちも、命を懸ける必要はなかった。

たまたま俺たちがいる村に発生したからよかったものの、戦力に乏《とぼ》しい村で発生すればとんでもない被害になった可能性もある。

こんなことは二度とあってはならない。

このパーティなら、いずれ野望を叶えられるはずだ。

とはいえ、当面の課題はセリアとユキナの更なる強化。それと、俺自身も強くなる必要がある。

まあ、するべきことをしていれば結果は後からついてくる。

着々と前を目指すとしよう。

《了》

あとがき

本書を手に取っていただき、ありがとうございます。
作者の蒼月浩二です。

小説の新シリーズが出るのは一年九ヶ月ぶりになりました。特典ＳＳを準備したり、こうしてあとがきを執筆していると、発売日が近づいているのだと実感していつもわくわくします。

自画自賛になりますが、本書のエピローグを書き終えた後、「良い作品に仕上げられたなあ」と感じました。

私は自分の作品はどの作品も面白いと自信をもっている派の作家なのですが、これまで以上にキャラクター、設定、ストーリー展開のすべてが上手く噛み合ったような感覚がありました。

実際、客観的にも高い評価をいただきました。

本作は『小説家になろう』で連載していた作品を加筆修正した作品なので、一部の投稿サイトでは管理画面から読者さんからの反響を数字で確認できます。『評価ポイント平均』という項目を確認すると、このあとがきを執筆している現在時点では4.6/5.0と非常に高い評価をいただいています。私の作品で商業展開された中では最も広い読者層の方に評価された作品です。

数字はともかく、言いたいこととしては、たくさん書いてきた小説の中でも特にお気に入りの作品だということです。

本書を手に取っていただいた読者の方にも気に入っていただけたなら感無量です。

宣伝ですが、本書を原作としたコミカライズも決定しております。

事前にネームや原稿を拝見したのですが、素晴らしい作品に仕上がっています。原作の良さを最大限引き出しつつ、漫画として魅力的に描いていただいています。純粋に画力も高く、多くの方に気に入っていただけるのではないかと思います。

本書を『面白い』と思っていただけましたら、漫画版もぜひ目を通していただけると幸いです。


最後に謝辞を。

イラストレーターのnima様、素晴らしいイラストをありがとうございます。私の脳内イメージを遥かに超える神イラストでした！

担当編集のK様、丁寧かつスピーディーな進行で導いていただきありがとうございます。安心して執筆に集中できました。

その他、本書に関わっていただいたすべての関係者の方々のご尽力のおかげで出版することができました。本当にありがとうございます。

それでは、また次の巻でお会いしましょう！

蒼月浩二

唯一無二の最強テイマー
～国の全てのギルドで門前払いされたから、
他国に行ってスローライフします～
原作：赤金武蔵　漫画：田村紘一
キャラクター原案：LLLthika
異世界還りのおっさんは
終末世界で無双する
原作：羽々音色　漫画：ダンタガワ
処刑された聖女は
死霊となって舞い戻る
原作：緒二葉　漫画：蚊
キャラクター原案：みなせなぎ

雷帝と呼ばれた最強冒険者、
魔術学院に入学して
一切の遠慮なく無双する
原作：五月蒼　漫画：こばしがわ
キャラクター原案：マニャ子
モブ高生の俺でも
冒険者になれば
リア充になれますか？
原作：百均　漫画：さぎやまれん
キャラクター原案：hai
魔物を狩るなと言われた
最強ハンター、
料理ギルドに転職する
原作：延野正行　漫画：奥村浅葱
キャラクター原案：だぶ竜
COMIC
NOVA
ノヴァ
https://www.123hon.com/nova/
話題の作品
続々連載開始!!

BRAVENOVEL
ブレイブ文庫

追放された付与魔法使いの成り上がり 1
～勇者パーティを陰から支えていたと知らなかったので戻って来い？ 【剣聖】と【賢者】の美少女たちに囲まれて幸せなので戻りません～

2023年9月25日　初版発行

著　者　　蒼月浩二

発行人　　山崎　篤

発行・発売　株式会社一二三書房
〒101-0003 東京都千代田区一ツ橋2-4-3
光文恒産ビル
03-3265-1881

印刷所　　中央精版印刷株式会社

■本書は小説投稿サイト「小説家になろう」（https://syosetu.com/）に掲載された作品を加筆修正し書籍化したものです。

ISBN 978-4-8242-0035-8 C0193